平安留学　中国银行 BANK OF CHINA

留学那些事儿

中国海外留学生征文大赛精选

教育部留学服务中心
中　国　银　行
组织编写

对外经济贸易大学出版社
中国 · 北京

图书在版编目（CIP）数据

留学那些事儿：中国海外留学生征文大赛精选 / 教育部留学服务中心，中国银行组织编写. -- 北京：对外经济贸易大学出版社，2021.7

ISBN 978-7-5663-2309-5

Ⅰ. ①留… Ⅱ. ①教… ②中… Ⅲ. ①随笔—作品集—中国—当代 Ⅳ. ① I267.1

中国版本图书馆 CIP 数据核字（2021）第 155888 号

留学那些事儿

中国海外留学生征文大赛精选

LIUXUE NAXIE SHIR
ZHONGGUO HAIWAI LIUXUESHENG ZHENGWEN DASAI JINGXUAN

教育部留学服务中心　中国银行　**组织编写**

责任编辑： 汪洋

出版发行：对外经济贸易大学出版社
社　　址：北京市朝阳区惠新东街 10 号
网　　址：www. uibep. com
资源网址：www. uibepresources. com

邮政编码：100029
邮购电话：010-64492338
发行部电话：010-64492342
E-mail：uibep@ 126. com

成品尺寸：170mm×240mm
印　　张：16
字　　数：350 千字
ISBN 978-7-5663-2309-5

印　　刷：廊坊市博林印务有限公司
版　　次：2021 年 7 月北京第 1 版
印　　次：2021 年 7 月第 1 次印刷
定　　价：86.00 元

序一

广大海外留学人员是党和人民的宝贵财富，是实现中华民族伟大复兴的有生力量。党中央和国家一直高度重视留学人员的安全，积极维护留学人员在外的合法权益。自2020年新冠肺炎疫情以来，留学人员的身体健康和生命安全，牵动着党中央和祖国人民的心。为认真落实教育部“六个强化”抗疫举措，教育部留学服务中心切实帮助留学人员解决学历认证、回国就业创业等方面的问题，适时推出“平安留学伴你行”系列线上活动，通过组织微视频、征文、棋类等活动，积极引导海外留学人员做好居家防疫工作。

系列线上活动共吸引来自全球65个国家和地区的7853名中国留学人员报名参与，得到人民网、新华网和央视网等主流媒体的大力支持，也受到地方主流广播电台、纸媒、城市电子屏、留学自媒体等近120家媒体的积极响应，累计触达人次近3000万。在“留学那些事儿”征文大赛中，参赛留学人员以铿锵有力的笔触记录和分享了留学经历、心路历程、教育心得、励志故事等，彰显广大留学人员坚持梦想、砥砺前行的精神风貌，展现了心系祖国、共克时艰、对话世界的风采。

万里同心共相守，平安留学伴你行。2021年是中国共产党建党100周年，是“十四五”规划的开局之年，希望广大留学人员能继承和发扬留学报国的光荣传统，主动肩负起新时代的责任与担当，讲好中国故事，传播好中国声音，成为爱国主义的坚守者和传播者，成为促进中外人文交流的“民间大使”！

作为国家级综合留学服务机构，教育部留学服务中心将始终坚持全心全意为留学人员服务的宗旨，以教育部“平安留学”项目为抓手，为同学们实现留学梦保驾护航！祝广大留学人员生活安康，学习顺利，早日成才，用实际行动续写留学报国的青春华章！

教育部留学服务中心

2021年7月

序二

“当代中国青年是与新时代同向同行、共同前进的一代，生逢盛世，肩负重任。”习近平总书记2021年4月19日在清华大学考察时向广大青年提出了谆谆寄语。在全球化深刻影响下，我们面临着一个更加开放、多元的世界，各个国家与地区相互联系、相互依存的程度空前加深。“十四五”规划和2035年远景目标纲要指出，我国将坚持实施更大范围、更宽领域、更深层次对外开放，促进国际合作，推动共建“一带一路”行稳致远，构建人类命运共同体。中国开放的大门只会越开越大，也必将带来更多的国际化人才需求。

回首中国近代留学史，一代又一代的留学生漂洋过海、负笈求学、报效祖国。如今，留学生前往世界各地求学，培养国际化视野、学习专业知识、提升综合能力，既为日后投身祖国建设、实现中国梦储蓄青春力量，也成为传播中国声音、推进中外文化交流的重要使者。作为中国唯一持续经营超百年的银行，中国银行以外汇专业能力为依托，为历代留学生提供留学金融服务，陪伴他们走过漫长岁月，并与之建立了深厚的情谊。海外留学生群体始终是中国银行的牵挂。

2020年疫情肆虐之时，中国银行利用各种物流渠道快速将防疫物资送达留学生手中。同时，联合教育部留学服务中心共同举办“平安留学伴你行——留学迹路”系列线上活动，通过组织征文、微视频、棋类比赛等活动，积极引导海外留学人员做好居家防疫工作。系列线上活动共吸引来自全球65个国家和地区的7853名中国留学人员报名参与，累计触达人次近3000万。

其中，“留学那些事儿”2020年中国海外留学生征文大赛共收到超4300件作品，这些作品不仅文采斐然，更重要的是展现出了当代留学生的独立与坚强，对多元文化的包容和思考，还有面对困难与挑战的坚韧品性。中国银行把征文大赛优秀作品集结成册并出版发行，以此镌刻下当代留学生的时代缩影。本书中一段段的真实留学故事，让我们看到海外学子如何在实现中国梦的生动实践中放飞青春梦想，在实现自我价值的不懈奋斗中书写人生华章。以书表意、以字传情，期待通过留学生及家长的分享，为身处世界各地仍在努力奋斗的留学生提供情感交流、相互鼓励与经验借鉴的平台，帮助他们更好探索留学的意义，让温暖与感动一路同行。

本书出版是中国银行在留学服务领域的一次创新尝试。接下来，我们仍将充分发挥跨境金融优势，不断优化升级留学金融产品，跨界融合创新推出国际化学校库、留学全方位测评、背景提升计划、留学生管家、境内外实习计划等留学增值服务。通过覆盖60余个国家和地区的全球化服务网络以及手机银行、“中银跨境GO”APP等多元化服务渠道，提供专业、贴心、便捷的一站式留学服务，做一个有责任、有情怀的留学金融陪护者，为海外学子的留学之路保驾护航。

最后，祝愿所有海外学子学业顺利、未来可期，让青春在实现人生理想的不懈奋斗中绽放绚丽之花！

中国银行股份有限公司

2021年7月

目录

行

壮志凌云　志在千里

刘嘉琦

平凡的一天和激荡的百年 ...002

考文垂大学　Coventry University

张建新

剖璞取玉般的瑞士导师 ...010

洛桑联邦理工大学

École Polytechnique Fédérale de Lausanne

黄莉荞

阿梅尔——我留学路上的一位朋友 ...020

巴黎大学　Université de Paris

迟钰靖

找自己 ...026

格拉斯哥大学　University of Glasgow

杨佳

走出舒适区，遇见更好的自己 ...031

悉尼大学 The University of Sydney

刘子豪

六年悉尼，流年细腻 ...040

悉尼大学 The University of Sydney

林墨丞

我的尼泊尔、美国留学记 ...047

波士顿大学 Boston University

陈飞樾

叙述与反思 ...055

——麻省理工学院留学一年记

麻省理工学院 Massachusetts Institute of Technology

申雨阳

想看花开，你要学会等待 ...062

——留学是一条成长之路

约翰斯·霍普金斯大学 Johns Hopkins University

破

逆风飞扬　破茧成蝶

王若静
我疲惫生活的英雄梦想（节选） ... 072
早稻田大学　Waseda University

左华艺
在日本的那一年 ... 076
大阪大学　Osaka University

刘九如
在伦敦间隔一年后，我彻底失业了 ... 084
伦敦布鲁内尔大学　Brunel University London

张俊杨
留学的记忆 ... 090
悉尼大学　The University of Sydney

邝颖图
心有所往　无惧西东 ... 096
爱丁堡大学　The University of Edinburgh

陈茹彦

唯有亲历，堪言真实 ... 106

澳门科技大学　Macau University of Science and Technology

毛萌萌

在雅典，遇见生活本来的样子 ... 114

雅典派迪昂政治经济大学

Panteion University of Social and Political Sciences

韩佳音

与暴雪、孤独和学习的对抗 ... 122

罗切斯特大学 University of Rochester

吴荣微

我的俄罗斯留学序曲 ... 130

俄罗斯人民友谊大学　People's Friendship University of Russia

彭　鑫

一部电影，一座城，一个叫巴塞罗那的地方 ... 135

巴塞罗那大学　University of Barcelona

思

以爱之名　两地思念

胡小园

恰当的分开 ... 146

子女就读院校：华盛顿大学　University of Washington

卫庆国

写给女儿卫冕的信（节选） ... 150

子女就读院校：香港中文大学　The Chinese University of Hong Kong

赵　慧

6 小时 ... 158

子女就读院校：马德里自治大学　Autonomous University of Madrid

佟玉彦

拂过初秋的风 ... 162

子女就读院校：查特德主教高中　Bishop Chatard High School

郭齐悦

风味留学记：味道与回忆 ... 167

南安普顿大学　University of Southampton

屈家华

再识母亲 ... 172

美国国立卫生研究院衰老研究所
National Institute on Aging, National Institutes of Health

朱紫兰

跨越思念，缓述成长 ... 175

宾夕法尼亚大学　University of Pennsylvania

砺

祖国为盾　砥砺奋进

潘雨桐

“流浪地球”（节选） ... 184

墨尔本大学　The University of Melbourne

贾毅凡

疫情下的逃离 ... 195

东伊利诺伊大学　Eastern Illinois University

李善杰
我们的庚子年春天 ...204
子女就读院校：新加坡国立大学 National University of Singapore

刘夏宁
凭寄父母念，安然海岱山 ...211
海德堡应用技术大学 SRH Hochschule Heidelberg

徐高明
祖国永远是我们坚强的后盾 ...217
——60 天抗疫记实
子女就读院校：谢菲尔德大学 The University of Sheffield

潘洵
我的封城记录（节选） ...226
伦敦政治经济学院 The London School of Economics and Political Science

行

壮志凌云　志在千里

扫码观看精彩朗诵片段

朗读者：王宁

平凡的一天和激荡的百年

刘嘉琦

考文垂大学

Coventry University

正己立业，自强不息。

——题记

“Please mind the gap between the train and platform[①]……”伦敦的地铁站台上每天都重复着同样的广播。

回国 3 年了，某天电影里忽然传来了这句熟悉的短句，然后我就好像触电了一样，脑海中浮现出那个曾经很熟悉现在又很遥远的地方。我会仔细地看电影里的街景，找找有没有我去过的地方。

每天早上八点我都会在楼下的便利店买一个三明治，然后走到一个叫作金丝

① 译：请注意火车和站台之间的空隙。

雀码头（Canary Wharf）的地铁站等地铁，进站的时候顺手从电动扶梯旁拿一份免费的报纸，然后垫在冰冷的不锈钢长凳上坐着把三明治吃完。等车来了再拿起报纸上车找个角落坐下，默默地浏览一下最近的新闻，不过大部分的版面都是广告，毕竟是免费的嘛。以前在国内看新闻，说是在欧美国家的地铁里大部分人都会拿出报纸或书来看而不是玩手机，再反观国内的地铁上大部分人都在玩手机、看视频。去到英国以后才发现这完全都是fake news（假新闻），因为英国地铁压根儿就没有信号，车上的人为了打发无聊的时间只能看书或者看报，而当地铁驶出地面时大家都会不约而同地拿出手机拨弄起来。后来为了打发时间我发现每份免费报纸的角落里都有一个豆腐块大小的填字游戏，每次在半个小时车程里我都会尽力把它填完，如果车到站了我还没有填完，那种感觉就好像考试时间到了我还没有答完试卷似的，久而久之，反倒因为这个无聊的打发时间的填字游戏让我记住了不少生僻的单词。

作者在伦敦金融城

半小时后，我的目的地BANK站（银行站）就到了，这座地铁站据说已经有100多年的历史了，是英国最繁忙的地铁站。不过在BBC（英国广播公司）的一次调查显示，伦敦大部分年轻人最讨厌的车站就是BANK站，我想大概是因为这站既没有电梯而且又像矿洞一样狭窄复杂吧。这站好像有无数个出口，每次我都会从不同的出口出来，出来时总有一种重见天日的感觉。这站之所以叫BANK，是因为这里是英格兰银行的所在地，有时路过这里的时候我就会想100多年前中国还是清朝，而伦敦100多年前就已经是现在眼前这副模样了，所以不免有些唏嘘，但也有些欣慰。唏嘘在于我们曾经那么落后那么蒙昧，欣慰在于还好我们现

伦敦街景 / 刘嘉琦　摄

在已经赶上来了。

车站离学校还有十多分钟的脚程，途中会路过中国银行在英国的总部，门口悬挂着五星红旗，我从来没进去过，但每次路过都会透过玻璃门往里瞥一眼，看见里面的华人面孔也算是在异国他乡的一种慰藉了。路上还有很多定制西装店和定制皮鞋店，每家都会在门头上标注着自己开业的年头，大多数都有百八十年的历史了，好像在这条街上的店没有个百年老店的名头都不好意思开门一样。

到了学校打卡进教室，大多数教室里的座位都排列成一个大大的扇形，且呈阶梯状上升，教授在讲台上传道授业，底下是各种肤色的学生。我记得给我上第一节课的老师是一个印度教授，他浓重的印度口音真是让我当时就陷入了绝望，最后我只能坐在前排用录音笔把老师说的话录下来，等回家了边听录音边结合讲义慢慢摸索。时间久了我发现我的听力突飞猛进，什么法国口音、俄罗斯口音、泰国口音都不在话下了。一般在中午我们都会有一个半小时的午休时间让我们吃饭和休息，这个时候欧美的学生一般都会吃一份沙拉或者一个汉堡就解决了，但是我这个中国胃实在是吃不消，以至于回国一年多都不肯吃肯德基和麦当劳。不过后来我在学校周围的巷子里发现一家香港人开的快餐店，虽然味道一般但好歹也算是能果腹了。吃过饭，比较熟识的朋友会坐在一起聊天。随着中国的和平崛起，越来越多的人开始想要了解我们的国家，每次都会有来自不同国家的同学向我询问关于我们国家的事情。可能也是西方媒体这么多年来对我们带有偏见的宣传，我的异邦同学总会问我一些奇怪的问题，比如：你们国家是不是电不够用，总停电啊？或者问：你们国家也有像伦敦这样高楼林立的大城市吗？然后我会苦笑着告诉他，中国发电量全球第一，占世界发电量的四分之一；北京、上海也是高楼大厦人口几千万的大城市。而他们却认为我是为了不伤自尊在吹牛，即使当我把有出处的数据摆到他们面前时他们还是将信将疑，渐渐地我也就习惯了，毕竟改变对一个人的印象不是一朝一夕的事，更何况是一个国家。但我还是会不厌其烦地向他们讲述我们国家的变化，希望他们有机会去看看。

下午如果没有教授讲课一般我会在图书馆回顾一下当天的学习内容或者跟同学一起讨论完成 team work（团队作业）。等到了四五点钟的时候，如果没什么事情我就要收拾东西回家了，如果再晚些，等到高峰期地铁的票价就会变贵，而且车厢会变得拥挤不堪。每到夏天，伦敦的地铁就到了最让人崩溃的时候了，大部分地铁是没有空调的，而且车厢非常狭小，过道只能站一个人，再加上欧洲人浓重的体味和为了遮住体味的香水味，让整个车厢如同一个装满鱼的闷罐一样。再想想国内宽敞明亮又有空调的地铁，虽然人也很多但感受还是好很多。

Next stop，Canary Wharf（下一站，金丝雀码头）…

下一站就是我要下车的车站了，这站的中文名字叫金丝雀码头，这座码头建成有 200 多年了，最初是大英帝国的西印度码头，曾经是世界上最繁忙的码头。但是现在码头几乎没有什么货物贸易了，只有曾经的一些大型的塔吊被做成了雕像，矗立在运河的两边提醒着世人这里曾经的车水马龙。

20 世纪 80 年代，英国政府在金丝雀码头开展了大型的复兴工程，各种摩天大楼拔地而起，昔日的码头摇身一变成为与伦敦金融城、纽约华尔街、香港中环分庭抗礼的另一座国际金融中心与黄金地段。这里的银行总部数量已经超过了伦敦金融城，其中包括汇丰银行（HSBC）、巴克莱银行（Barclays）、德意志银行

（Deutsche Bank）等。此外，这里也云集了大量的律师事务所、媒体机构，如高伟绅律师事务所（Clifford Chance）和三一镜报（Trinity Mirror）。

这里的男士都穿着笔挺的西装，头发梳得一丝不苟，皮鞋擦得锃光瓦亮，左手拎着公文包，右手一般会拿杯咖啡，行色匆匆。这里的女士都会穿着合体的职业装，画着精致的妆容，踩着高跟鞋，拿着大牌的包包，脸上总是挂着职业的笑容。刚搬来这里的时候，我曾经无比羡慕这样光鲜亮丽的生活，羡慕这些精致而又高大上的金融白领。但是经过这里久了才发现很少见到有华人面孔出入这些大楼，这大概就是那“隐形的玻璃”吧。我虽然生活在这个区域内，但是我和他们却像两条相距很近的平行线一样，虽然很近但是永远没有交集。在这里即使是非常优秀的华人也只能从事基础的工作，想要突破几乎是不可能的。每每想到这里就坚定了我回国的信念，既然走不进这座大厦，那我就回国和我的兄弟姐妹们建一座这样的大厦。

在金丝雀码头上有一座斜拉桥，走在上面总是晃晃悠悠的，每当有大船经过，这座桥就会被从两边吊起来，等船只通过了再把桥面放下来供行人通行。我每天都要穿过这座桥才能到我住的公寓，有时也会倚着桥的栏杆看着下面的船和水面下的鱼群发会儿呆。这里有时会停靠某国巨富的私人游艇，有时会停靠某国冒险家的巨型帆船，有时候也会停靠其他国家前来访问的军舰。这个码头已经没有了曾经航运的功能，更多的是外国船只访问和停靠。但这对于一直生活在内陆的我来说吸引力是巨大的，每次我都要围着停靠的船舶端详，这一切对我来说都是新鲜的。金丝雀码头的摩天大楼和停泊的船只倒映在清澈的运河上，桥上人来人往，天空中的海鸥都让人觉得这一切这么美好，但是又觉得有些不真实。

2017 年 10 月 2 日，我还是像往常一样下了地铁，还是像往常一样打算穿过吊桥回我的公寓去，抬头望向码头的泊位看看今天又停了哪国的船只。但是这一次我却愣住了，那是两艘巨大的军舰，大过首富的游艇，大过法国的炮舰，也大过意大利的帆船。我兴奋地跑向军舰想要一探究竟，等靠近了些我却呆住了，随之而来的是突然的心跳加速，因为我看到的是舰首飘扬的五星红旗！是我们的军舰！我已经无法抑制内心的激动冲到近前，庞大威武的灰白舰身上印着舷号 577

和 578，是我们东海舰队的“黄冈舰”和“扬州舰”！船头船尾贯穿悬挂着海军的万国旗，舰上的水兵在巡逻和站岗。周围有外国人在驻足观望，我激动地想告诉他们这是中国的军舰，是我在金丝雀码头两年来见过最大的船！我就这么激动地围着军舰前后来回地端详，就像见到了前来探望的亲人一样，心情无比激动，甚至有些眼眶发红。等心情平复下来以后，我在河边的拴船桩上坐下来静静地看着军舰上飘扬的五星红旗不禁思绪万千，1840 年大英帝国几艘军舰就能将我泱泱大国打得割地赔款，开始了我们国家 100 多年丧权辱国的屈辱历史，而今天我们自己国家制造的大型军舰却带着和平的使命访问英国，不禁让人肃然起敬！那个随便一个国家架起几门大炮就能征服中国的时代已经一去不复返了，取而代之的是一个日益强大、繁荣富强，并维护世界和平的中国。我就这样内心澎湃地在河边静静望了好久好久，直到天快黑了才恋恋不舍地回家。等到家以后赶紧用微信通知了在英国熟识的中国同学和朋友，告诉他们这个让人激动的事情，他们也同样非常激动，爱国的热血在我们每一个中国人的心中流淌。

金丝雀码头

英国白崖 / 刘嘉琦　摄

两艘军舰在码头停靠了 5 天，这 5 天我每天都会在军舰前驻足观望，看上面的水兵出操，因为没有邀请函所以也不能上舰参观，但是每天来看看总会有种踏实的满足。5 天后军舰就要驶离码头回国了，这天我和几个中国同学前来给军舰送行，周围也聚集了很多的中国人，大家手拿中国国旗向军舰告别。军舰要起锚了，所有的水兵向岸上敬礼，当舰上的高音喇叭播出“祖国永远是你们坚强的后盾！祝你们身体健康！工作顺利！万事如意！”时，我激动的泪水再也无法抑制地夺眶而出。170 多年啊，是多少代人的前仆后继和浴血奋战才建设起这个日益强大的国家，而我们作为这个新时代的青年学子理所应当要把这份伟大的事业继续下去，实现中华民族的伟大复兴！

李鸿章在派遣中国海军留学生去英国留学时曾经说过：“此去西洋，深知中国自强之计，舍此无所他求。背负国家之未来，求尽洋人之科学。赴七万里长途，别祖国父母之邦，奋然无悔。”现在每年出国的留学生数十万计，这些学子都怀揣着对祖国的热爱发奋学习，希望将自己的一技之长带回国家并参与到祖国的建设当中。中国现在拥有全球最大数量的接受良好教育的年轻人，而这些年轻人就是中国不可撼动的优势，也是在这个国际上挑战和风险日益加剧、中国不断受到压制的新时代里上天赐给中国最好的礼物。

我们经历过最痛苦的时代，那时我们无助过、迷茫过、走过弯路，也曾备受欺凌。但是那些曾经的少年并没有丢掉理想，而是将复兴中华民族的重任扛在肩上。一代又一代的少年终将老去，但深植心中的信念却一直年轻。就像梁启超先生曾经说过：“少年智则国智，少年富则国富；少年强则国强，少年独立则国独立；少年自由则国自由，少年进步则国进步；少年胜于欧洲则国胜于欧洲，少年雄于地球则国雄于地球。”

“平安留学”小贴士

中国留学人员守则

留学时光要珍惜，勤学苦练争朝夕。
学法用法保平安，尊师守纪讲礼仪。
当好文化小使者，维护祖国大利益。
排忧解难找使馆，学成为国创佳绩。

扫码观看精彩朗诵片段

朗读者：米鸥

剖璞取玉般的瑞士导师

张建新

洛桑联邦理工大学

École Polytechnique Fédérale de Lausanne

路漫其修远，上下乐求索！

——题记

“悄悄的我走了，正如我悄悄的来；我挥一挥衣袖，不带走一片云彩。”这是 1922 年老一代留学生徐志摩的“康桥”情怀。75 年后，幸运的我带着无限憧憬登上前往瑞士的飞机，希望在国外良好的教育和学习环境中提高自己的专业知识水平，“学有所成，回报祖国”。留学回国 20 多年后的今天，翻看泛黄的日记，时光带走了青春，却留下了难以磨灭的痕迹。今天回看，留学期间我最大的收获并不是专业知识的“求知”方面，而是在“做人”“做事”等个人素质提升方面，瑞士洛桑联邦理工大学高等教育研究中心主任、心理学博士戈尔德施米德教授（Marcel L.Goldschmid），对我剖璞取玉般的教育，给我补上了人生重要的课程，使我发生了凤凰涅槃似的变化。

作者个人照

据说，我们的一生会遇到八万多人，会与三万多人打招呼，会熟悉三千多人，会与二百多人亲近，但是真正影响自己、可遇不可求的“贵人”仅仅是个位数。瑞士导师就是我生命中寥寥无几的“贵人”之一。导师对于我的培育、教育和影响使我永生难忘！今天，谨以此文思念、怀念失联多年的戈尔德施米德导师！

第一课：守时守信

Keep Time and Promise.

1997 年 10 月 12 日傍晚 8 时，在离开祖国 16 个小时后，我到达了瑞士洛桑火车站。前来接我的秘书 Denise 说，戈尔德施米德教授在澳大利亚参加国际学术研讨会，一周后才回来。我心想，这下可好了，我有一周的时间适应时差，浏览洛桑城，计划衣食住行玩。但她马上说：“明天早上 10 时，我带你去洛桑高工办公室。”“明天？！”我几乎不能相信自己的耳朵，我已经 20 多个小时没有睡觉了。

第二天在办公室里，Denise 指着一尺多高的书籍与资料说："这是教授写的著作和相关论文。他要你看完后，写出读书笔记。下周一早 10 时 30 分见你。"

我的天！数一数，大大小小、薄薄厚厚共 12 本：4 本英文的，8 本法文的。这个导师一定是个不近人情的大儒学！没有办法！只有把刚到异国他乡的激动按捺下去，不分昼夜地硬着头皮读书、做笔记、写提纲。

一周时间在紧张中流逝。星期一上午 10 时 35 分，我从咖啡屋飞快赶回，上气不接下气地敲开导师的办公室。导师有一双蓝色的眼睛、高挺的鼻梁，脸庞有棱有角，仿佛石雕一般，流畅精致。

瑞士街道

这是第一次见面，导师没有表示欢迎，眼里充满了责备。我怀着一颗忐忑不安的心，勉强地笑一笑，喊了一声："教授，您好！"导师皱了皱眉，鼻孔里"嗯"了一声。

我的心一阵紧缩：我犯了什么错吗？

导师说："希望你记住：守时是一个人最起码的礼貌！"好一个严厉刻板的导师！我小心翼翼地交出自己辛苦了一周的功绩：20页笔记。他一目十行地翻了一遍说："你没有完成我布置的作业！第一，你只读了6本书；第二，你的读书报告上，看不到你自己的个人见解；第三，你没有使用最现代、最便利的助手——电脑。"

瑞士人很重视预约，无论什么事情一定要提前做好准备和安排，比如与导师见面必须提前约好时间，去检查身体需要预约，去图书馆、运动中心都要预约。对于预订好的事情，就必须守时守信。这些潜移默化地影响着我，培养了我守时守信的观念。

第二课：主动出击

Take Initiative.

接着，导师给我上了耳目一新的第二课：主动出击。他说，不管是在生活中还是学习上，如果我不主动去发现的话，没有人会主动告诉我，我就永远不会有机会。学校、中心的很多重要的信息都是通过电子邮件告知，要养成每天定时查邮件的好习惯，因为漏查邮件而错过重要的事情不是借口。

在这个知识爆炸、即时通信的世界里，我必须用最短的时间读完一本书，他拿出讲义告诉我1个小时快速浏览一本书的方法：(1)了解作者；(2)阅读书名、副标题、前言和目录；(3)阅读简介和总结部分；(4)阅读/略读每个章节标题以及开头几个段落；(5)读目录，在脑中做个总结；(6)最后再梳理一下该书的脉络，回顾一下主要观点，重温一下故事，想一想在哪些地方自己与作者观点一致或相悖。他说："你必须具有创造性思维，积极主动地学习，做学习的主人，才不是书本或书的奴仆。”

随即，导师拿出一张表格，要我制订一年留学计划。该表格围绕“5 个 W”特殊疑问句展开，共有 5 列：(1) 我将采取什么行动？(2) 在什么时间、地方、与什么人开展？(3) 针对什么关键问题？(4) 采用什么方法或手段？(5) 最后获得什么结果？

在导师的指导下，我拟订了一年短期、中期和长期的学习计划，具体到：第一周参加电脑培训班，10 天之内掌握电脑的运用；3 个月内，60 天后法语过关；第一学期完成教育学硕士必须完成的高等教育学、管理心理学、跨学科学习、培训者培训、记忆方法等 8 门课程的学习计划；第二学期完成两个研究项目……导师盯着我的眼睛说：“只有主动出击，你才会成功！”

第三课：重视生活礼仪

Pay Attention to Life Etiquette.

周三上午看到了导师的电子邮件：本周五下午六点，导师要到瑞士最大的钟表集团斯沃琪（Swatch）参加一个聚会，叫我与他一同去。我满心欢喜：这可是我第一次参加一个纪念性的聚会！周五下午五点半，教授看到我后，他愣住了。随后，他很严厉地说：“你怎么可以穿着牛仔裤、T 恤衫去参加聚会？！你不要去了！”这是我有生第一次被人公开批评为穿着不得体，也是第一次被拒绝，在去聚会的出发时刻！委屈、羞愧、难过，眼泪一下子就掉了下来。

导师随即打电话给秘书，让秘书 Denise 来带我回去。Denise 把我带到她家吃饭，教我涂指甲，并给我上了生活基本礼仪的一课：得体而应景。

原来教授、Denise 他们每天都要洗澡、每天都要换衣服才来学校的。一个举止大方、着装得体的人，肯定会比举止粗俗、衣着不整的人更受人欢迎，也就更方便交往与应酬。原来日常着装、日常上课，大家都可以随意，喜欢什么穿什么，可以穿 T 恤牛仔，可以穿西装，也可以穿得 HOT（热辣），展现自己的个性与品位；而参加重大的节日、纪念日或正式的聚会，就要非常注意了：女性要穿晚礼

瑞士洛桑市的天际线

服或旗袍或唐装等，还要注意穿的鞋子与衣服相配，不合适的鞋子会让主人难堪……原来化妆不仅仅是为了美，它至少有 3 个作用：首先，化妆是一种积极的生活态度，是热爱生活的表现；其次，从公共礼仪的角度讲，化妆也是尊重他人的表现，在公共场合起到交流感情、尊重他人、增进友谊的作用；最后，是给自己以信心，使人容颜美丽、精神焕发，还可以使人在生理和心理上充满活力，以愉快的心情投入学习和工作中去。

在我成长的文化氛围中，从来没有把生活礼仪当成一回事去考虑，也从未把穿着打扮与“生活态度”“热爱生活”“尊重他人”“自信心”等概念联系在一起。导师给我上的这一课，让我第一次从思想深处开始注重日常礼仪，注重内强素质、外塑形象。

事实上，中国自古以来就是一个重视礼仪的国度，2000 多年前，孔子就有过“人无礼，无以立”的教诲。礼仪，是一个人内在素质和外在形象的具体体现。“做人先学礼”，礼仪教育应该是人生的第一课。

第四课：表达自己的观点

Express your Opinions.

金秋十月一个阳光灿烂的上午，导师叫我到办公室汇报国际联合调查“中国学术价值研究问卷”情况。一进门我就感觉气氛不对。他一言不发，面无表情，眼睛看着面前空空的书桌。

我小心翼翼地问：“教授，开始讲吗？”他挥挥手以示同意。

我也不敢坐下，就开始讲起来。我讲一个问题就停一停，因为按平常的习惯，他都要提问，了解一些详细的内容。今天他怎么一言不发？我紧张地、结结巴巴地讲着，不时求救似的看着导师。最后我只好问：“教授，您认为怎么样？”他不回答。“还需要加入什么内容？这个汇报不行吗？”他还是不回答。最后我小声说了一句：“木头人似的！”

“对！‘木头人’说得对！”导师大声说。我摸不着头脑地看着他。他微笑着说：“也许有点夸张，但刚才我扮演的角色是你——建新。”我大吃一惊：我会是这样的人吗？细细一想，由于怕讲法语出错，由于老是担心自己的看法不正确，我的确一直在尽量避免讲话，并且也很少发表自己的见解。

他说，如果你听不懂，你必须说：“对不起，请再说一遍。”这表明你对他的话题感兴趣，他会很高兴。但你必须对他所说的话做出反馈，无论对还是错。你是中国人，法语表达再差，也没人会笑话你。只有多听敢讲，你的法语才有可能进步。在这一个五彩缤纷的世界，我们欢迎五彩缤纷的观点、看法，但我们不能容忍“木头人”。“我们认识、了解一个陌生人靠什么方式？主要靠语言！虽然她很友善，但从不发表自己的观点，我们只能认为她是个傻瓜，你愿意别人认为你是傻瓜吗？”

接着，他告诉我：“讲话艺术是一个人的思想水平和各种才华技艺的集中‘亮相’，企业家把应聘毕业生的口头表达能力作为合格人才的首要条件。”

他送给我的笔记本扉页上写着伏尔泰的名言：“我不赞成你的观点，但我捍卫你说话的权利。”接着给我上了口语表达技巧、交流技巧、微笑技巧等生动的一课。

从小遵循“沉默是金”的信条，我几十年来一直以自己的谦虚好学、寡言少语的实干精神而自豪。不料，在现代文明高度发达的欧洲，我的信念受到了挫败。现在我明白了导师几乎每次都要问“你个人认为这怎么样？”这个问题的良苦用心，就是为了培养我用自己的脑袋去独立发现问题、思考问题、解决问题。导师严谨认真，提倡在学术上不能简单地接受他人观点，要本着打破砂锅问到底的精神和探索的思维方式做研究。

第五课：跳一跳够目标

Jump to Your Goal.

两个多月后，导师在管理心理学课堂上宣布1月5日要进行考试。只有45天的时间！这门课程有许多的专业术语，这可是一本280页厚的法语书，我的这点水平根本不可能通过！

导师似乎早就料到我的反应，他只是说：“凭你这两个多月的表现和进步，我认为你完全能够参加考试。当然，如果你不愿意接受压力和挑战，你可以不参加考试，你也就不可能拿到毕业证！”随后导师讲到管理学上的洛克定律：目标不能太容易就能达到，也不能高到永远也碰不着，“跳一跳，够得着”最好。比如篮球筐，如果把篮球筐定在1.5米的高度，那进球还有意义吗？如果把篮球筐定在15米的高度，还有人会去打篮球吗？所以，制定目标就像这篮球筐一样，要不高不低，通过努力能达到才是有效的。

是的，我没有退路，只有“跳一跳”拼命往前走。不分白天黑夜、周末还是放假，孤注一掷地啃这本书。紧张得嘴巴上冒出了火泡，他微笑着给我一支特效药膏。有时真想躺倒不干了，但一看到年近花甲的导师，那么刻苦、认真地学习他的第9门外语——汉语，我又受到了鼓舞。

考试成绩终于公布了，看到50个考生中只有34位达到6分（10分制）以上，班上唯一的中国人——我——也得了6分。考试通过了！从那以后，我知

瑞士日内瓦湖

道自己是具有很大的潜力的，只要有决心、有信心，是可以做到貌似根本不可能的事的。以后的几次考试，我都顺利通过了。同时，导师一直鼓励我用不同的角度看问题。写论文时，我问导师用哪种理论更合适，导师就鼓励我尝试不同的理论，并且讨论各个理论的适用范围以及使用局限，这让我在以后的生活中，从不同的维度看问题，而不是形成固定的思维模式和单一答案模式，没有一种结论永远适用，我很喜欢这种用动态的眼光看问题的思路。

留学岁月飞逝而过，在导师的言传身教下，我终于克服了语言、文化碰撞等种种困难，按期完成了学业，获得了教育学硕士。留学期间，我在语言应用、专业知识、素质能力、做人做事等各方面都获得了很大的进步。正如导师在我翻译的《高等教育改革新论》一书的前言中所说："建新女士在语言学习、教育理论、教育实践、电脑应用、文字编辑等多方面得到了突破性的提高。”

瑞士这段留学经历，对我的人生道路、学术走向、做人做事、世界观、价值观产生了重要的影响。海外求学给我凤凰涅槃似的变化，是我一生中最关键的成长过程，更是一个新的成长起点！

牢记导师的“终身学习”（Life-long learning）的教诲，回国 3 年后我考上了北京大学教育学博士研究生；牢记导师“本土行动”（Acting locally）的教诲，北大博士毕业后我回到自己的故乡云南，效力于家乡教育事业；牢记导师“国际视野”（Thinking globally）的教诲，我出版了东南亚高等教育研究系列 4 本著作，并分别于 2016 年与 2019 年两度被选举为亚太地区教育质量保障领域最大、影响最广的非政府 / 非营利性国际组织亚太地区教育质量保障组织（APQN）主席。

路漫其修远，上下乐求索！

“平安留学”小贴士

留学注意千万条，安全永远第一条。

异国他乡求学忙，朋辈联系不可少。

租房考虑要周全，交通便利与安全。

扫码观看精彩朗诵片段

朗读者：陆思宇

阿梅尔——我留学路上的一位朋友

黄莉荞

巴黎大学

Université de Paris

都是人生，都是经历；但凡经历过的，都是珍贵的。

——题记

毛里塔尼亚午后的阳光很刺眼，一阵阵热风裹挟着沙子和三角梅酸涩的香气往人脸上扑来。我下了车，来到一处绿茵繁茂的小院，敲开了阿梅尔家的铁门。

“你来啦！”院里传来了阿梅尔柔美的声音。假如没有见到她的人，很容易误以为说话的是个青春洋溢的本地少女。她开了门，只见她身穿一条波希米亚风的半身长裙，满脸微笑。她的长相像欧洲人，大眼睛，高鼻梁，但肤色偏沉，脸很瘦削，乍看像一尊线条紧张的木雕。她探过身子来和我行贴面礼。

阿梅尔出身于毛里塔尼亚一个古老的家族，父亲是外交官，母亲是法裔的阿尔及利亚人。她在法国出生，曾在美国研修社会学博士，结过五次婚，现在独

2018 年于塞内加尔 / 黄莉荞

居毛里塔尼亚。在我们的交谈中，她曾抗议一般地高声叫道："欧洲人把我当非洲人，非洲人把我当欧洲人！"

我们穿过绿植茂密的院子。她养着一只很肥的猫，叫作"妹妹"，常常在院子里巡视，俨然一个管家。后来我才知道它也会蹿上楼，或者百无聊赖地在客厅待着——通常是要吃东西的时候。它便是阿梅尔平日在这房子里唯一的陪伴了。

一边走着，她一边对我说："毛里塔尼亚很热对不对？最近雨季是这样的，但是你答应我，如果下雨了，你一定要马上出门，立即开车冲到海边去！因为雨后的大海很美，非常美。"她说这话时眼里闪光，仿佛云烟氤氲的海就在面前似的。

屋子进门处拉着半张麻布帘子，房内顿时便有了些说不出的怡人风情。屋子中央是一张扁而大的圆木桌，周边围着一圈沙发，我一眼看到桌上多了用半个可乐易拉罐自制的可爱的小烛台，便拿起来摆弄。房间里小声地放着广播。

"你喝点什么呢？"阿梅尔问我。

"冰可乐！我太热了。"我一面将 U 盘掏出来放在电脑前。

其时我正在毛里塔尼亚从事翻译工作，并已决定到法国攻读文学硕士学位。这是我一直以来的梦想。

按照法国文学专业的传统，学生在申请学校之前需要准备一个课题计划，拿着计划书去联系导师，有导师愿意接收，才能获得录取资格。我对自己的法语水平有信心（当时我已通过欧标法语最高级别的认证），然而，用法语来论述一个艰深的文哲课题，对我而言多少还是有些吃力。

“我可以帮你呀！就冲你作为一个中国人，竟然知道贝鲁克。”她主动向我提出，狡黠地眨了眨眼。贝鲁克是毛里塔尼亚的一位作家，我才想起我曾在交谈时无意提到他的小说《泪之鼓》，没想到她还记得。

我就这样厚着脸皮上门来叨扰她了，一来是因为阿梅尔确实是一位极富学术修养的前辈，二来也因为这份文书对我来说意义重大，我知道这不是该推让的时候。

阿梅尔把饮料端过来，放在桌上，紧挨着我坐了下来，开始看电脑里的稿子。说是指导，其实她从内容到用词都帮我仔仔细细地校阅了一遍。她有时候也停下来问我，大多是为了确认文书所涉及的原著的情节。

大约过了两个多小时，我们都有些困乏，便起身休息。她坐到门槛上，掏出烟来抽。她这副样子竟有些沧桑的味道，也许是她拿烟的手太过瘦削的缘故，也可能是因为夜幕渐渐降临，为这个被沙漠和海包围的城市平添了几分荒凉。

“阿梅尔，你没有想过去努瓦克肖大学当老师吗？”我突然想起来问她。

“我刚回国那会儿，大学的负责人来请过我去讲课。说是请我去入职，结果我去了，他们把我带进等候室，里头坐满了来求职的人，那人把我晾在那里一整个早上，走来走去看见我，也没一声问候！我才明白他的用意——他就是想让人知道达达家（Dadha，她的姓氏）没落了，达达家也得来求他办事。呵，你说人能这么办事儿吗？可笑……”她最后忍不住将干枯的手挥了一下，手里的烟也随着在空气中划开了一道白色轨迹，马上又散开了。

我笑了：“这世界常常教人低头，可不常常教人抬头。”

不是吗？在形形色色的“好机会”面前，现在有多少人还像她这样在意自己是什么姿态呢？

我们又聊了一些别的。天晚了，我便起身告辞了。

我们再见面的时候，已经是半个月之后。为了感谢她帮忙，我给她带了一大盒蛋糕和点心。这次她没化妆，但还是穿着一袭长裙。猫在房间里探出头看着我，我忍不住说，它肥得好像从摩洛哥来的（在我印象里摩洛哥的猫都很肥胖），她听完咯咯笑了。

她和我一同将剩下的稿子订正完之后，又掏出一包烟。她叮嘱我："文献的格式你还得再改一下，就按照我给你写的第一条来改。"我感动于她毫无保留的帮忙，但也只能说一声谢谢。临走时，我告诉她，我一月份会回国一趟，她有什么需要带回毛里塔尼亚的都可以告诉我。她说不用了，想了想，不好意思地问我：

2019 年于摩洛哥 / 黄莉荞

“中国有没有那种两用的锅，能同时煮饭和做菜的……我一个人，做饭怎么都不方便。如果有的话，你帮我买来，我再把钱给你。哎呀，我怎么对你提出这样的要求呀！”

我带着这样的使命告别了阿梅尔。那时候已经是凉季了，她送我到门口，说，“再过不了几天，你就会看见路上的交警跟个粽子似的，然后外面还套着一件窄窄的橙色条纹制服，可滑稽了。”我抱住正在笑的她，跟她道别。

一月份，我从中国回到毛里塔尼亚。临行前特地在网上买了一个多用锅，连包装一起单独放在行李箱里。回来不久，非洲疫情就暴发了，我禁足在家数月。其间，我终于收到了我仰慕的大学导师的回信，也顺利地被心仪的学校录取了。

我时常想起这个性格孤僻、脾气古怪的老太太，不知道她过得怎么样，疫情当下，她是否安全？一个人生活是否能安排妥当？我怀着这样的担忧给她发去的邮件却都了无回音。一天晚上，我惊喜地收到了她的邮件，她告诉我她生病了，卫生部门刚派人来给她做过检测，在等待结果。在那之后，我又是久久没有得到她的消息。

我们再次见面，已经是疫情明朗之后。这期间，我在2020年惨淡的阴翳之下，费尽周折地倒腾签证材料，递签，联系房子，确定航班……那段时间我是在忙碌的焦躁和等待的空虚中度过的，但心里又隐隐怀着模糊的希冀。这天傍晚，我抱着沉甸甸的锅，顶着傍晚的风沙，又来到这个种着许多树木、枝叶垂到墙外的院子。我眼前的阿梅尔比半年前似乎更瘦了一圈，一张脸显得更像木雕了，但她的眼依然是闪亮的。

这次道别似乎意味着更长久的分离，相聚也将漫漫无期。我们尽量淡化空气中感伤的气息。临走时，她抱住我：“让（Jeanne，我的法语名），我不想你离开，但我知道去巴黎念文学一直是你的心愿……我替你开心。”我百感交集。

身边有许多人问过我：留学的意义是什么呢？安稳的现下不好吗？从头开始，又能给人生带来什么呢？

我知道，肯定也会有无数人问过阿梅尔，为什么那么执拗？为什么选择像一只刺猬一样度过这一生？

毛里塔尼亚海滩 / 黄莉荞　摄

我们在做一些决定的时候，也许并不知道未来在何处，意义又落在哪里。一眼能望到头的，常常是无尽的飘荡和孤独。但我还是斗胆希望，在我回忆过去时，曾有幸拥有这样一段人生，“理想”和“愿意”，就可以是全部的答案。

从阿梅尔家回去的路上，我看着夕阳下无边的沙和海，想起几年前初来到西非的傍晚，朋友们——现在也已经散落在天涯的各处——带我去海角吹风。那时候我便一遍又一遍地想，我眼前的这片深黑色的海通往哪里呢？ 它也许通往北面的欧洲，也许往通往对面的美洲，也许通往村庄，也许通往城市……但，它必定是延伸的，正如我们脚下的步伐。这么想着，我的脚步便又坚定了许多。

找自己

迟钰靖

格拉斯哥大学

University of Glasgow

与世界交手许多年，我依旧兴致盎然。

——题记

留学于我而言，像是一场寻找自己的冒险旅途。我不是经历最丰富的那个，在英国只有短短三年多，在这里硕士毕业，继续读博，在一所国际学校兼职行政管理，也是一家中华文化慈善企业的核心成员。但这三年多仿佛是人生的过山车加速旋转，终于让我远远看到了我想要成为的自己。

在大部分人眼中，留学生这个群体是一群生活优渥、不知人间疾苦的孩子。一年十几万到几十万元的花费，有人说我们一辈子也挣不回留学这几年的投入，还不如把这些钱用来买房投资。也许是吧，我一开始也焦虑茫然过。离开家的那

端午节活动 / 迟钰靖

天姥姥抱着我悄悄抹的泪；拎着巨大的行李箱站在灰蒙蒙的异国他乡街头，连过马路该先看哪边都不知道的无助；去大英博物馆找十二生肖兽首铜像的执念；还有中秋节自己对着月亮写作业时啃过的月饼，8 英镑一个，可真贵啊。我曾经扳着指头算着过日子，怕爸妈省吃俭用，而自己在国外大手大脚地花钱，更怕自己以后回国没有能力回报爸妈在我身上的高额付出。毕竟让他们过上更好的生活，是我努力和出国留学的意义之一。

我从前也不懂爸妈说的，“想要你去大世界看看”。能走多远，能走到什么地方，他们从来没想过，只是每次视频通话的时候都劝我吃好一点，多去见识一下。而现在，我开始明白了。我见过不同肤色的人，也跟有不同信仰的人聊过宗教。我碰见过穿着牛仔听着摇滚在街上摇摆的白发老爷爷，也遇到过坐在河边空地读一天书的小姐姐。我碰见过化着浓妆吐着烟圈却主动教我使用自动售货机的小哥，也遇到过将中指比到我脸上的种族歧视。我永远忘不了第一次参加学校的大型活动，开场是一曲钢管舞独舞，板板正正毫无氛围，表演者说这节目是呼吁大家摘掉看待事物的任何有色眼镜。我也忘不了在现场看完《歌剧魅影》的热泪盈眶和站在伦敦塔桥下的震撼感慨，假期出游参观法国卢浮宫里《蒙娜丽莎的微笑》《断臂的维纳斯》和苏联时期在波兰华沙留下的斯大林时代风格的建筑。艺术的轻盈和历史的厚重，那些曾经出现在教科书上的平板照片突然成了我眼前鲜活的场景。伦敦金融城的精英们一样穿着笔挺的西装挤在地铁里聊经济形势，阿尔卑斯山的雪景和我们新疆天山的积雪也没有天差地别。

我对美的定义也不再单一。满脸皱纹和老伴手拉手在公园里散步的老奶奶，穿着红裙子跳弗拉明戈的丰腴女人，身穿短袖吊带曲线并不完美却笑得自信的姐姐们，包着头巾一双鹿一般的大眼睛忽闪的伊斯兰少女……都美得让我移不开眼。我不再觉得自己的黄皮肤和这里格格不入。我的有亚裔血统的苏格兰朋友会骄傲地介绍自己的拼音名字而不是护照上的英文名，我的苏格兰同事会拜托我帮他们去中国超市买包子，我参加的中华文化慈善企业筹备的网上活动吸引了世界各地各种肤色的人参加。连艾德·希兰（Ed Sheeran）不也唱了，“She got… blown eyes，caramel thighs”（她有着棕色眼睛和焦糖色大腿），这样的美成了性感的新代名词。于是我也敢像苏格兰小姐姐们一样，穿着紧身瑜伽裤和被雨水冲脏的白球鞋上街，哪怕我的腿型不好看还很粗，哪怕我的衣服裤子很廉价，可我一样觉得自己珍贵又美丽。

在苏格兰划龙舟 / 迟钰靖　摄

文化节活动上我们的中式小摊位 / 迟钰靖　摄

于是我终于开始明白，我爸妈还有我自己，到底希望我长成怎样的人。一个善良且懂得保护自己的人，发现美也感恩善，遇见不好的事情能自我消化。一个独立的、完整的成年人，不够优秀但是有自己的目标和为人处世的原则。说到底，也是一个能让自己开心起来的普通人。刚出国的时候，我见识少也似“愤青”一样，觉得自己本科是国内名校毕业，又继续在英国名校深造，自命不凡要干一番大事业，认为只有年薪百万、环游世界才是唯一标准。现在，我不会再这样浅薄地定义成功了。在国际学校兼职时，我遇到过一个有自闭症的小姑娘，没有什么朋友，老师讲课她学得分外吃力，至于毕业更是困难重重。我在她躲进角落时主动与她聊天，帮着她和家人跟学校商量最适合的选择，也鼓励地告诉她每个人都有小缺陷和闪光点。她顺利升学那天，她妈妈哽咽地道谢让我觉得自己在从事一项了不起的事业。新冠疫情期间我国大使馆和中国学联为留英学生统计和发放健康包时，我也在国际学校献出过一份薄力。由于情况特殊，健康包的宣传途径有限，学校中不少中国学生毫不知情并错过了领取机会。他们大部分尚未成年，迫切希望回到祖国。我也就此多次联系校长，又和中国学联协商，最终帮助我的学生领到了来自祖国母亲的关爱。看到他们发朋友圈感谢祖国和学联，我也为自己“无名英雄”的身份骄傲。

我所在的中华文化慈善企业致力于义务参与和组织各种艺术文化活动，弘扬中华文化。我经常负责手工品制作的工坊，不仅吸引蹦蹦跳跳的小孩子来做中国

英国格拉斯哥上班骑行的必经之路 / 迟钰靖　摄

风筝和折纸，连苏格兰奶奶爷爷在大年初一也来学做中式灯笼。我也负责过中式书法体验活动，曾在一对西班牙情侣手臂上拿眼线笔用中文写下他们的生肖，当作“纹身”，看着他们兴奋得不停地自拍。我第一次参加赛龙舟也是在英国，竟没有想到会惨败给一群可能连中国都没去过的非亚裔朋友；即使端午节在新冠封城期间，我们还组织了苏格兰的第一个线上中式音乐会，吸引了世界各地几百个观众，收获了一致好评，甚至有观众悄悄私信问我雄黄酒喝起来是什么味道。这些独一无二的经历长成了我身上的一部分，教会我人生价值从来不是一维的。

我非常喜欢一位博主说过的一段话，想把它作为我留学生活学到的最精彩的部分，“不想成为一个越活越重的人，想每度过一天，就多换来一点自由，自在表达的自由，不需要去计较别人态度的自由，和不管在哪里都能扎根生长的自由。”

走出舒适区，遇见更好的自己

杨佳
悉尼大学
The University of Sydney

全世界是个舞台，所有的男男女女不过是一些演员。

——题记

Part 1　离开北京

我是在即将离开北京的那段日子开始迷上莎士比亚的。

当时我刚失去记者的工作，离开了打拼多年的传媒行业。做记者曾是我长期以来的梦想，我热爱这份充满着理想主义的工作。为了竭力还原真实，溯本求源，我和同伴们穿梭于城市之间寻找答案，记录并传递真实。

然而，在互联网高速发展的背景下，各类新媒体平台快速崛起，身处传媒行业的我们感受到了不小的冲击。

那是2015年，papi酱开始在互联网上上传原创短视频，并在2016年出圈成为家喻户晓的视频红人。同样是在2016年，李子柒开始凭借《兰州牛肉面》等短视频获得广泛关注，逐渐进入大众视野。

而在天平的另一端，传统媒体则纷纷传出关停并转的消息。竞争的压力让从业者变得浮躁。我们也在几次转型的探索之后，不幸退出了角逐的舞台。

在别离的酒桌上，我和同伴们互吐愁肠，感慨形势的瞬息万变。我开始发现，我们所抱持的理想其实并不可靠，也未必正确。从饭局上出来已是后半夜，夜很静，有点凉。我们依依惜别，彼此祝福，期待着下一次的团聚，转身便也各奔东西。

那是一段挺迷茫的日子。

或许这又是一个年轻人走向社会，被冷酷的现实浇灭了热血的耳熟能详的故事。日升日落，每一天我们似乎都可以在城市CBD写字楼的隔间里，在工厂轰隆隆的生产线旁，在送外卖的年轻人摇晃的电动车上看到类似的故事。

我有一种强烈的渴望想要出去看看。我发现我所知道的世界太小。

Part 2 科夫斯港天气晴

长期生活在北京、上海这样的中国大都市，让我格外向往澳大利亚原生态的自然风光和田园生活。我选择的第一站是科夫斯港，这里每年8月份会进入收获蓝莓的季节，在这个时候不难找到一份田间采摘的工作。这对于长期伏案工作的都市人来说挺有吸引力。

我来到提前订好的科夫斯港YHA青年旅舍。不巧的是，原先联系好的农场告诉我，他们农场里的蓝莓还没有成熟，没法采摘，具体何时开工还要再等通知。我不想干等着，于是开始在青旅里到处跟人打听。这时和我同住一间房的两个德国姑娘结束了工作，回到旅舍。

我们彼此年龄相仿，很快便热络起来。

姐姐萨琳娜告诉我，她们就在蓝莓农场做采摘工作。

科夫斯港蓝莓农场 / 杨佳　摄

“你们工作的农场还需要人手吗？”我赶忙问。

“当然！我们老板最近正愁招不到人呢。”

姐妹俩每天开车去农场。于是我们约好第二天一大早一起出发，同行的还有一个来自法国的小伙子。去农场摘蓝莓的工作就这样开始了。

不过，这项工作并没有我想象得那么轻松。

我们的工作叫“水果采摘员”（fruit picker），工种属于“散工”（casual）。澳大利亚的工种有这么几类——全职（full time）、兼职（part time）、临时工（temporary）和散工（casual）。其中散工是最自由、也是没有任何保障的一种工作类型。散工没有固定工作排班，没有工作时长要求，相应地也没有固定的酬劳。作为散工，我们的薪水采用计件的方式，根据每次采摘蓝莓的重量来计算酬劳，多劳多得。

采摘蓝莓的工作上手挺容易。我们在早晨八点左右到达农场，开工时工头会给我们每人发一个塑料小桶，我们把小桶用绳子系在腰上，采摘时两手轮换，一边采一边把摘好的蓝莓果实放进桶里。

农场里的蓝莓树一排排整齐地排列着，我们采完一株蓝莓树，带着腰上的小

悉尼歌剧院 / 杨佳　摄

桶走一两步就可以接着采旁边树上的果实。装蓝莓的小桶快满了的时候，如果还系在腰上就会很容易撒出来。于是我们就会把它解下来，放在脚边，然后再摘上一会儿。等到桶完全满了之后，采摘员们就可以提着它走到工头的装载车旁称重。我们报上自己的编号，这桶蓝莓的重量就会作为当次工作量记录下来，逐次累积。

澳大利亚一般发周薪。我们每周的薪水就是通过这一桶桶蓝莓重量的累加计算得来。

虽然上手容易，但是摘蓝莓的工作其实很辛苦。

每天下地工作，我们经常需要连续八个小时忍受烈日的炙烤。采摘时，我们的身体还要很灵活。为了采到不同位置的蓝莓果，我们需要不时变换各种身体姿势，蹲着，跪着，勾着胳膊，侧弯下腰，有时还要设法挤进蓝莓树丛里去采摘。蓝莓田里经常有蜜蜂飞来飞去，为了不被蜜蜂蜇，最开始我还会躲闪几下，但是

居住的当地社区 / 杨佳　摄

摘一天下来，最后经常会累得连躲蜜蜂的力气都没有。

艰苦劳动了一天，终于到了收工的时候。坐进车里后，我和德国姐妹们互相调侃几句晒黑的胳膊和手心里磨出的茧。工作是辛苦的，但是在回青年旅舍的路上，车在沿海公路上行驶，海风拂面，同车而行的天南地北的人彼此没有顾忌、随意地聊着天，疲惫倒也轻松化解。

接下来的一个月里，除了下雨和每周一天的休息日，我们都会开车去蓝莓农场工作。

农场里工作的采摘员大多都是散工，来来去去时有变化，不过日子久了倒也常能见到一些熟面孔。聊得多了，我和丹渐渐熟络起来。

丹是一个年轻的黑人小伙子，长得又高又瘦。我们有好几次被安排为采摘搭档，分到同一组。丹是以难民身份从非洲来到澳大利亚的。跟他一起来农场的还

青旅早餐 / 杨佳　摄

有他的母亲和妹妹，和几位同氏族的远亲。他的英语说得比同行的家人要好一些。

丹有一次问我："你去过巴黎吗？"

我手里忙着摘蓝莓，头也没抬地说，"没有"。

巴黎是一个离我们此刻都很遥远的地方。我没有去过巴黎，这个城市在我的记忆中是几个模糊又清晰的形象——莎士比亚书店，毕加索，蒙娜丽莎，还有梵高那幅《夜间的露天咖啡座》。

"在来这里之前，我在巴黎。"丹一边在蓝莓树枝旁忙活着，一边说道。

就像问任何一个从巴黎回来的游客那样，我随口问道："你觉得巴黎好玩吗？"

"也许吧，"丹回答说，"我主要在工作。"

"做什么呢？"

"看护。"丹进一步解释说，在巴黎，他的工作主要是照顾老人，为他们打扫卫生、洗衣服等。

我顿了一下，放下手里的活，直起身子隔着蓝莓树枝望向对面的丹。

丹让我意识到了我存在的认知局限。在我熟悉的世界里，巴黎是游客的目的地，是文艺青年朝圣的好去处，是一个供人消遣和消费的地方。而丹则生活在另一个平行世界里，一个我原先没有看到，甚至也没有怎么想到的世界。

下午的蓝莓地完全暴露在烈日下，丹戴着晒得褪色的遮阳帽，原本黝黑的脸此刻黑得发亮。

作者个人照

那一刻，我意识到自己的无知。

在农场，每天早晨开工时，工头会给当天到达的采摘员分配工作。我们通常会被分为两人一组，一起采摘一排蓝莓树。在分配工作的时候，经常会看到几个来自非洲的采摘员，先跑去田里看哪一排蓝莓树成熟得好，然后跟工头争取采集那一排。当然，分配到的蓝莓树长得好，就能采得更多更快，相应地赚得也更多。

我和两个德国姑娘有时会觉得他们太计较。和丹认识之后，我逐渐开始理解他们。

我想，我大概是带着都市人对于田园生活的天真幻想来到这里的，而对于丹和他的家人来说，这就是生存。

Part 3 悉尼，新的开始

飞机降落在悉尼机场。我结束了这段打工旅行的日子，即将进入悉尼大学，开始一段密集的学习进修。

在《皆大欢喜》这部喜剧里，莎士比亚借杰奎斯这个人物形象说出了一段流传后世的独白——“全世界是个舞台”。

“全世界是个舞台，所有的男男女女不过是一些演员。他们都有下场的时候，也都有上场的时候。”

我很喜欢这段台词。

我觉得人生是划分阶段的。每段人生就像一出剧目，经历开端、发展、高潮、结局。在不同的剧目中，我们逐渐找到自己想要扮演的角色，并为这个角色编写自己的剧本。

在宁夏长大，在上海学习，在北京工作，这一段段过往经历都是我人生中曾经上演的剧目。因为生命如此短暂，每一段经历，不论回头看是好是坏，对我们来说都弥足珍贵，有其存在的意义与价值。

然而生活并非恒常不变。在流动的生命体验中，曾经被我们看作重若泰山的东西，忽然某一天也可能变得轻如鸿毛。我们对于价值和意义的理解，也会随着我们成长、成熟不断发生变化。

曾经闪烁在我们头顶的启明星，在我们的人生里释放出价值之后，也会渐渐褪去光芒，变得不那么神秘，不那么耀眼。而这未尝不是一件好事。我们总有下一个使命要去寻找，要去完成。

在悉尼大学的学习忙碌而充实。我结交了很多优秀的老师和同学，努力学习更多知识，为回国后工作做好准备。

“人们有时可以支配他们自己的命运”，莎士比亚在《裘力斯·凯撒》借角色之口说道，“要是我们受制于人，亲爱的勃鲁托斯，那错处并不在我们的命运，而在我们自己。”

在世界的伟力面前，个人的力量确是异常有限，我们所遭遇的挫败和困顿，或许也只是整个自然的一部分罢了。但即便如此，我们又会发现自己确有一些积蓄在体内的力量——不论面对何种情境，我们总有选择的自由。

天地广阔，我相信我们可以通过不懈努力，为自己创造出想要的生活，并且寻找到那个特属于自己的人生意义，在世界的舞台上，找到自己的一席之地。

科夫斯港日落时分 / 杨佳　摄

六年悉尼，流年细腻

刘子豪
悉尼大学
The University of Sydney

坚定信念、勤学善思、勇于担当、不负韶华。

——题记

作者个人照

时光如白驹过隙，转眼间我离开悉尼已一年有余。

顺利入职心仪的银行后恰逢此次征文大赛，渴望清洗掉赋闲一年的慵懒，我决定提笔回忆自己的留学往事。因为关于悉尼，关于我的求学生涯，这会是一次很好的回忆。前些日子好似梦见了悉尼，其实不是，我是感受到南澳窒闷的热气在北京蒸腾，继而恍悟，这扰人的焦灼正是 2013 年我在南半球落地时的感受。北京盛夏渐过，燥热的氛围逐渐褪去，我似乎与南半球那座城市又经历了一次离别，心中的思念也愈发沉重起来。

回想起悉尼的求学生活，其间喜乐哀愁多带着天真纯洁的色彩，18 岁后在这陌生的国度一待就是六年，我却没有明显的疏离感，这座城市似乎不需要我去适应，而像是在适应我。

初次见面——HEY！土澳

人们总是调侃澳大利亚为“土澳”，悉尼是“悉村”。对我而言，这村那土却拥有别样的风情。说起澳大利亚，英语启蒙时的 hello 倒是少见，“hey mate”“no worries”大概是最常见的口头禅，这种硬朗的说话方式也极具“土澳”式的粗犷。听到这两句招牌式招呼语，眼前还会浮现出一位皮肤白中泛红的高壮汉子伸

作者悉尼大学毕业典礼 / 刘子豪　摄

出大手冲我咧嘴招呼的姿态。在悉尼久居，我也养成了张口“thank you”，闭口“sorry”的习惯，澳大利亚友人好像很喜欢在言语上对陌生人表达自己的善意。回忆起当时骤然脱离国内高中的群体生活，孤身来到悉尼，初至异乡的惶恐大抵也是被当地人的友善跟粗线条冲淡的。

悉尼海德公园 / 刘子豪　摄

读本科之初，我曾在留学生宿舍住过一段日子，结交过来自五湖四海的朋友：会手舞的意大利黑人帅哥，吃不了辣的俄罗斯壮汉，以及我的两位室友——温柔善唱的日澳混血男孩和玩得一手好吉他的印尼小哥。对我来说澳大利亚是个很具文化包容性的国家，各色各样的人们聚集在这里，每个人、每个群体都不会有明显的文化疏离感。

深入悉尼——留洋打工记

勤工俭学，这是我在国内常听，自己却并不打算尝试的事情。但在澳大利亚，学生普遍打工的行为更新了我的认知。刚刚开学几周，便能在周围的西餐厅、粤菜馆子里面看见同学们忙碌的身影。也曾询问过身边好友，被建议说若得空闲，可以去熟悉的地方试试。赶巧，有位朋友推荐了一家打工过的咖啡屋，我也在那里喝过几回咖啡。好奇心日重，我最后挑选了期中后较为清闲的时间去应聘。

周末常去的咖啡厅 / 刘子豪　摄

在咖啡屋打工的这段日子，每天面对着形形色色的顾客，下单时尽力分辨着让人迷乱的口音方言，忙里偷闲中倾听着客人们快活的声浪回荡在并不宽阔的厅房中，似乎让我与悉尼的距离也拉近了。哦，对了，店长是位极为友善的澳大利亚人，喜欢同店员谈心。有次聊到他年轻的时候曾周游澳大利亚，品尝澳大利亚各地特色咖啡，体验流动咖啡车游历经营，而后才有了自己的小店。悉尼，被誉为南半球经济金融中心，人们却也有着一份属于自己的清闲安适。我是一个外向的人，打工这件事可能更激发了这个特质，后几个月，我很享受给顾客递上咖啡后与他们碎嘴几句的时光，可能这也是旅澳留学重要的一部分吧。

留学课业——永不止步！

说说悉尼大学，本科我以经济金融学打底，对世界格局时事有了初步的认识，而后希望自己能在专业技能上有所拓展，故而硕士方向选择了偏技术类的大数据

入夜的哈利 · 波特楼 / 刘子豪　摄

及商业分析。“繁星纵变，智慧永恒”，悉尼大学如其校训般的尽心栽培，令学子们书写了一部部属于自己的奋斗史。学校让我跳过了基础课程的学习，入学之初便开始接触数据、处理数据，学着带领团队完成项目。深夜运行代码频出的 bug（故障），清洗数据遭遇的疑难杂症，以及建模运算时电脑的嗡鸣声陪我度过的夜晚也不知凡几。多门课程的小组任务常会在同一个时间下放，为的也是考验学生分配时间、协调合作的能力。那时经常与朋友调侃，读本科期间还能盼望着周末松口气，读研以来好像就没有过周末，每日每周都被紧密的 DDL 跟 Due[①] 鞭策着前行。

初写留学经历时，一直惦念着要为这所学校附上几张精致的相片。细细搜寻后，却也愕然，被誉为南半球最美学府——悉尼大学的风景，我竟未拍摄留念

① DDL，即 deadline，最后期限；Due，到期的意思，常指交论文或作业的截止日期。

过，倒真有些身在福中不知福的滋味。相较本科新南威尔士大学依山而建的阶梯式校园，悉尼大学则更具艺术气息：从英伦古堡般的哈利·波特楼，到闪烁着琉璃光泽的法学图书馆，校园中的古典与现代被别具匠心的设计生动地结合在一起。行文至此，虽未留下照片，悉尼大学的风景仍真实细碎地在脑海中闪现着，仿佛是读研生活的一块被谁摘去了，磨碎了，又轻轻地将这份悉尼大学的英式浪漫扬洒在我记忆的每个角落。

悉尼最美的是蓝花楹，其动人的颜色只在每年夏日的考试季显露。新南威尔士大学、悉尼大学，澳大利亚这两所名校都因毕业季的蓝花楹而有了种种风趣的传说和醉人的景色。考生匆匆而过，落英缤纷、飘落的粉蓝色花瓣铺洒在南半球学子们走过的路上，似乎也为他们的求学生涯染上了温柔明亮的颜色。

独处时光——海角天涯

孤身出国，倒真是有很多时间独处……悉尼六年，体会着南半球金融中心的车水马龙，经历过夜间伙伴们的彻夜狂欢，然而最不能忘的是尝试享受独自生活的滋味。我保持着一个习惯：将生日聚会与生日错开。生日当天，我更喜欢寻处地方，一个人享受一段独处的时光。曾有次在海边闲逛，在岩壁旁寻到一处隐秘的角落，视野开阔，僻静少人，而后这里便成了我的个人据点。一壶小酒、一份小食，安闲地靠在岩壁上观海。海天一色，涛声回荡，想起儿时在海边长大，最快乐的事情莫过于沙滩寻宝、逐浪奔跑吧。海浪激起阵阵白雾又如烟般消散，洇湿的海风朦胧地将眼前的蔚蓝连续着，像是给悉尼明媚的海滩笼上了微微伤感的淡愁。

结业后我又去过那里一次，却在小径旁见到了一份醒目的告示，上面写着：游客止步。驻足许久，回家后望着自己在海滩上搜集的贝壳像是对悉尼最后一次的回望，后续的风景一定也会有人替我欣赏吧。日日夜夜，朝朝暮暮，终将要与悉尼分离了。曾认为悉尼的海太过干净，缺少些熟悉的咸腥气，现在倒有些怀念了呢。有歌词这样讲过：思念就像喝了一杯冰冷的水，然后用很长很长的时间流成热泪。悉尼一定也会给我这样的感受吧。

留学六年——品一杯属于自己的冰美式

终于到分享结尾了，总在说悉尼的夏日如何如何，入冬的悉尼也有另一番味道，让人印象深刻。记得一个清晨，寒意透湿窗帘，氤氲在屋中扑散开来，这种并不冷冽却催人柔弱的温度真让我这个北方男孩不能接受，瑟缩着拉开窗帘，窗户上凝结的水露映着初阳的晨晖倒是也给悉尼单调的冬天平添几分光彩。

哦，对了，还有，我很喜欢喝咖啡，偏爱美式加冰。搅动冰块，清亮的叮咚声掺着咖啡入口的微酸苦涩，同我孤身远赴异乡的起始大为相似；而后的醒神清爽，倒也像极我回首六年悉尼往事的心境了。

“平安留学”小贴士

打工一定要合法，维权保护不能少。
遵守法律与法规，入乡随俗也需要。
生人请食戒心存，毒品伤害须防范。

我的尼泊尔、美国留学记

林墨丞

波士顿大学

Boston University

真正的世界并不是非黑即白。

——题记

我的留学经历的不同之处在于，我在本科阶段留学于尼泊尔，而读研究生又去了美国。辗转于这两个完全不同的世界，我所收获到的不仅是专业知识，也不仅是一纸学历，而是一种新的思考问题的角度：曾经一段时间我盲目自信，拒绝国外的一些想法，之后又全盘否定自己，转而接受国外的一些说法，一直到有机会留学，身处不同的国家和社会，我才发现这个世界并不是非黑即白的，而我们面对不同的文化和观点时，需要不卑不亢，进退有度。

我每年给学生上课时都要讲一个故事：1770 年，库克船长抵达澳大利亚昆士兰海岸。库克留下一些船员维修船只，自己率领一支队伍出发探险。遇上当地土著居民后，一个船员手指着一种用袋囊揣着幼崽跳来跳去的动物，问一个土著

黄石公园 / 林墨丞　摄

“这东西叫什么”。土著说：“Kanguru。”从此以后，库克和他的手下便用这个词称呼这种动物（袋鼠）。很久以后他们才明白，Kanguru 在土著语言中的意思是：你说啥来着？

毫无疑问，这个故事肯定是瞎编的。这一点我一般会在之后的课上向学生说明。但是这个故事我年年都会说，因为用这样一个逸事趣闻来说明接触异域文化时可能会碰到的问题再好不过。想要真正地了解一个国家或者文化，我们必须摘下滤镜，走入当地生活，而留学就提供了一个很好的机会。当然，我也常把了解一个异域文化的过程比作剥洋葱：层层了解异域文化的过程，必然会被呛得涕泗横流。每一个留学生，或者说每一个身处异乡的中国人都会经历这样的过程。

香蕉共和国

托马斯·弗里曼在他的书《世界又热又平又挤》用“香蕉共和国”指那些一

尼泊尔的上学路 / 林墨丞　摄

无所成毫无建树的国家（Build absolutely nothing anywhere near anything）。在留学之前，我一直认为尼泊尔可以算是世界上最不发达的国家之一，而美国是世界上最发达的国家之一，但从国家基建角度上来说，这两个国家并不像表面上看起来那样完全不同，我认为甚至都可以被称为“香蕉共和国”。2010 年，初到尼泊尔留学时，我每天都会走路上学。不知为何，尼泊尔的街道一直处于维修的状态，这里的街道嘈杂喧嚣，晴天时尘土飞扬，而下雨时又会将人行道变得泥泞不堪。而这里的公交系统聊胜于无，我坐过两种类型公交，一种类似于国内中小型巴士，但由于缺少维护或使用了一些年头的缘故，车内卫生条件实在不敢恭维；而另一种则是三轮公交车，在距离较短的路线上基本都是这种三轮公交车。尽管样式不同，但是两种公交亦有相同之处。首先，下车得提前给司机打招呼。并且大部分时候，公交都会坐满。好在当时我的身体素质不错，经过不断的练习，我逐渐与当地人“挤”成一片。通常我会在车还未停稳之际，健步上车；在快到站时提前起身，半挂于车外，瞅准到站之际，连拍车身数下示意司机减速，然后松手下车，

波士顿的地铁 / 林墨丞　摄

拂衣而去，深藏身与名。

虽然客观上说，美国的基础建设确实强于尼泊尔，但是说到基建，就不得不提波士顿的世纪工程——中央动脉隧道工程。此工程民间俗称大开掘（The Big Dig）。首次听说这个故事是刚到波士顿时的出租车师傅告诉我的，该工程在他二十出头时立项，最终在他四十多时完工，足足建了二十多年。震惊于此，为了核实事件真伪，我默默打开了维基百科，事实是该工程于 1982 年立项，最终于 2007 年完成，耗时 25 年，截至 2006 年耗费 146 亿美元。从我的住处到学校大约 2 公里路，乘坐 T-line(类似北京的八通线) 却需要 20 分钟左右，当然前提还得是这趟车准时到达。我从奥斯顿前往波士顿大学的这段道路的古朴完全对得起美国“最古老”地铁的称号。

珠峰和洛子峰 / 林墨丞　摄

逐渐简短的自我介绍

2010 年，当我怀着激动的心情前往尼泊尔留学时，我非常愿意给外国人介绍我们国家和文化。“你好，我叫林墨丞，这个中国名字……。我来自中国南方的福建省，我们那里的人通常比较……，我们……。”这是我刚到尼泊尔留学的时候，在第一节课上给老师做的自我介绍。这样的自我介绍确实冗长，但是我希望以此增进双方的理解，减少一些偏见。而之后在美国见到的一些人让我开始反思自己这样的做法是否有意义。

2017 年的暑假期间我留在美国完成夏季课程。期间，我曾前往波士顿的自由

波士顿街区雪景 / 林墨丞　摄

之路参观，这是一条长约 4 公里，由红砖标记的线路，途经多个对美国历史有着重要意义的历史古迹。在路边喝咖啡时和一位美国人拼桌，在聊天中偶然了解到他也曾在尼泊尔待过，由此我们尬聊的内容就集中于各自在尼泊尔的见闻。

之后的留学生活中，只有在外国同学问起的时候我才会向他们介绍关于中国的情况。我的自我介绍也精简为以下格式："你好，我叫林墨丞，你叫我 lin（林）就可以了。"对于普通的美国民众而言，强行向他们灌输中国文化只会引起他们的反感。对于那些真的对外国文化感兴趣或是有心消除之前因为信息差所导致的偏见的人来说，消除他们的误解易如反掌。只要他们看到的中国留学生和他们媒体上宣传的中国人的形象是不同的，他们就会愿意填补由于误解所造成的沟壑，并起到预防其他偏见产生的作用。

喧嚣的美国课堂

从授课形式上看，尼泊尔的课堂应该与我们国内的课堂区别不大，而大部分美国教授，都非常重视课堂参与。我所上过的每一门课都将课堂参与作为最后总评成绩的一部分。每个教授可能对学生的课堂参与有不同的定义，但是所谓课堂参与实际上就是指衡量学生对于授课的贡献的一个标准，包括提出或回答问题、参与讨论，以及做出评论等。这是美式课堂的一个基本概念，也是美国教学风格的一部分。

波士顿布鲁克林联合教区教堂 / 林墨丞　摄

在读研究生第二年，我被指派到波士顿大学的语言中心听课实习，在这期间我发现了一个极为普遍的现象：受学生欢迎的老师，或者说美国社会所追捧的教师，都在追求课堂气氛的热闹。令我印象最深刻的是一次英语语法课。授课教师和学生（美国本地人）就第三人称单数动词是否需要加 s 这样基础的问题进行了将近 10 分钟的讨论，经过一番唇枪舌剑，最后以学生不接受教师的纠正并继续坚持己见结束。这种喧嚣的课堂背后是否真实地反映了学生的参与，我不得而知，但是对于这种授课形式，依据我的学习经验和其他各国同学的抱怨，可以说这种备受推崇的授课形式实际上并没有多少效果。不可否认，这种喧嚣的美国课堂确实在一定程度上反映了所有人都提倡的学术开放和学术平等，但是这种方式是否真如部分人所宣扬的那样完美？备受诟病的填鸭式教育是否真的一无是处？学生沉默的课堂是否就是失败的？在我自己当了老师之后，我发现沉默的意义是相当丰富的，沉默可以是学生的创造性和学习的空间。当然，事后我也和这位老师讨论了课堂参与的问题，而她的回答让我想起了马克辛·格林的话："我们作为有意识的生物，通常采用自己创造的阐释方式来构建我们所居住的世界。我们理所当然地将世界视为预先设定好的样子或某种客观存在，并不加辨别地深陷其中。"

面对差异，每个人可能都有自己的应对方法。部分人选择完全拒绝理解这些差异，而有部分人选择刻意地迎合固有的刻板印象，或是无心的或是出于某种目的，这两种方式都于沟通无益。实际上，面对这些差异，我们不必完全排斥，也不必刻意迎合。就像开车，方向盘总是在动态调整的，我们没必要，也不能向左或向右打死方向盘，找到自己的一个行进方向，这些差异都可以成为你路上的风光。

扫码观看精彩朗诵片段

朗读者：王向群

叙述与反思

——麻省理工学院留学一年记

陈飞樾

麻省理工学院

Massachusetts Institute of Technology

最为贤明的生活方式是蔑视时代的习惯，同时又一点也不违反它地生活着。

——题记

从我居住的那栋红砖宿舍楼到每天去上学的设计学院，步行大概有二十分钟时间。这段脚步匆匆的行程就是我每日的通勤之路。我栖身的这栋百岁宿舍楼背后是一条芜杂的老街，这里人流并不稀少，但经过的时候，往往仍然叫人疑忌这里的荒凉。每个早晨我路过这里，一定侧过一枝小小的灌木，望见南处霍尔的手笔，然后我迟滞的目光会扫过长长的铁轨——摆头——望向北侧冒着白烟的电站。早晨踏着步，变幻的天光总给我跳跃的遐思。我会想起学海中可疑的长进，知识里从未兑现的潜能，想着扑朔迷离的我们这一代设计师的未来。有些日子里，我的自我怀疑会堆积到难以排解的程度，于是在这些通勤时间里，我会尽力地思考自己。

作者个人照

一、快与慢

我意识到，自己的成长好像是一个越来越不“伶俐”的过程。几年前，我还可以快速地说话、快速地写作，在一连串的输出之后，兴冲冲地期待外部的回响，并且最终在回响到达的时候，达到一种享受自己热腾腾的生命力的状态。但切身感知过的世界越大，反倒是“犹豫”越多，“兴致”渐渐地减弱。有许多我所观察到的现实，早在几十年前就有过周密详尽的论述。每当我想要谈一件事情，寻找它背后所牵扯的庞杂的海下冰川而钻进去以后，自己想要谈的那一点点小事情就渐渐地失去了它的重量。对我而言，城市学所诘问的，是一个集聚状态下人之如何生活的深刻问题。这是我的西西弗斯之石，是虚无中那个不可解的求解，我推着它，缓行在紧绷的、纤细的钢绳上，费力掌握着“学”与“思”之间的平衡。

但这种“慢”很难生存。美国文化（如果有的话）所鼓励的，仍然是“成事（get things done）”；比起“思想者之审慎（intellectual hesitation）”，无疑，它在更多时候颂扬一种“企业家之决断（entrepreneurial determination）”。资本的耐性是很差的，而同样，资本化后的学术所希望的，也一定是将潜能快速地过渡为现实。等待成了一种最难以支付的奢侈品。在这样的情况下，我个人的小气候错位于所处环境的大气候，剩下的只是一种异乡人的无力。

二、词语和物体

身在异地，第一个到来的是巴别塔的困境。我把自己浸没在这门以“词”而非“字”为基石的语言当中，一年里面获得了不少的长进。但我也明白这其中充满诱惑力的漩涡。英语使用的游戏感，那种艺术批评中充满“精密的仪器感”的句子，几乎会让一个心性较弱的人迷失其中。如果把写作比喻为“编码”，我很易陷于“编”而忘乎“码”，从驾驭词语变做被词语驾驭，沉浸在语言之形式高于语言之内容的句法游戏当中。一切从某个充满启示感的“词”开始，也以“词”的重新组装结束。其实对我来说，这种迷失所带来的严重后果，并不只是导致中文变为西式中文，进而说母语者开始迷恋那种泡沫与泡沫之间迷幻的语言虚荣，而且是在丢失语言作为交流之用以

圆形礼堂 / 陈飞樾　摄

后，总以“形式”作为第一标尺，反过来急躁地、浮泛地衡量当代学者以至于大思想家的文字，得出“反正就是用高深晦涩衬托自己的格调水平”的结论。

这种词语高于物体的现象，早由20世纪的大学者背书。有的人把它归为“美国性”的一种，称其为“非现实（unreality）”“准事件（pseudo-event）”，或是“拟像（simulacra）”，在这种二手的、编排的、精心打造的“事件”中，展示它的手段变得比事件的本质更为重要（Daniel Broostin）。美国民族精神所痴迷的正是这种外部化：一切都是要放到台面上来说的，并且重要的，也就是要说得漂亮。正如他们多么痴迷于“正直（integrity）”“自律（discipline）”“拼命三郎（hardworking）”这样的语汇，而国家的现状完全有悖于这种口头表达的幻想。人们之所以能够和这种巨大的矛盾相处，就是因为转译后的“现实”和现实是分得很开的，并且转译后的“现实”显然依旧挺拔，这就可以稳定“军心”。

三、外化和内化

身在设计学院，我特别强烈地感受到了这种“外化”趋势的渗透力量。在这里学习，特别容易转为痴迷程序、工具、手段、语言而不是目的（似乎历史同样证明，痴迷目的是危险的）。事情要做出个样子来——重要的是“样子”，而不是“事情”。在这个系统里，我可以打磨技巧，精进工具，传授方法，但时不时我仍然感叹，它所痴迷的，终究是对智力的实践，而并不以智慧为目的。在图像与模型、类模型所组合出的“模拟的、增强的现实”被不断呈现和再现的链条里，会有思想偶然地出现，并且得到记录，但它的内核仍然是一种外化的生产、智力的表演。作为一个在此间奔命的学生，很难将倏然而过的所得内化为智慧。漂亮的Gund大工厂，无尽长廊（Infinite Corridor）上方田连阡陌的建筑工作间，热量过剩的工具狂欢，目眩神迷的生产叠加，对“标准化语言”的迷恋，堆积成为一种“思想”的假象，但它终究不是我要的思想。这不是在教育用艺术考问宇宙的人，而是在训练怎样仿造现实，在纸上，在屏幕上，模拟出一个太虚幻境。这是后现代高捧“媒介”的艺术，我理解它也欣赏它。但事实是，在目力所及的学界，这个训练大多沦为如何讲好一个 PPT。于是，我提升着职业的竞争力，努力把自己训练成一个效率很高的人，做事靠谱的人，当我幻想在这里如何变成好的创业家、管理者，变成一个精英推销员，我感到满足。但生产狂欢的余热消散以后，我扪心自问，得到的总是这样一个答案：这不是我所理解的艺术，更不是我所理解的学问。

在这个落地镜碎成小玻璃的时代，没有“建筑”的“建筑学”变成了“建筑”的外部。绘图的潮流从真实风效果图，变到拼贴风，再变到插画风，就是一个很好的例证。建筑师不再有一个稳定的身份认同。现实不够现实，虚构不足虚构，我们卡在现实与虚构之间一片暧昧不明的小世界。“两间余一卒，荷戟独彷徨”（当然，这种暧昧也自有它的妙趣和美感）。

在和李雅伦几次长时间的聊天以后，我可以将提及的历史观延伸一部分。我意识到，对于我们这一辈人，或许资本最为强大而难以反抗之处，并不仅仅是它的“创造性破坏”、它的“无限增殖”的基因；更重要的一点是，在当代，资本可以把一切不属于它的、反抗它的力量，都最终转化成自己系统的一部分（鲍德里亚）。当我们把学术界的列车开进了一条依附于“注意力经济”的轨道，绝难有什么东西能让它停下来。正如，如果我当前的文字是对这种资本化学术的批判，那我本身也正在成为博取“注意力”的玩家之一，批判得越努力，这“注意力经济”的烈焰反而越发浓烈地燃烧下去。

四、批判和规训

当然，一提“批判”，我又一次惶惑。我作为它的拥趸来到美国，但也像每个对美国教育体系接触较深的人，我开始慢慢体会，在这个国度，所谓“批判性思维（critical thinking）”是一个多么泛滥而又虚无的概念。这个现代性系统所允许的批判，一定在某个模糊边界以内。它几乎成了一种易被预料的仪式，我们需要做的，只是沿着画好的轨道执行它。这些多情的批判跟随着学术圈的重心，周期性地做着例行转移，而超出了这一边界的批判，则落入最为残酷的刑罚——不被谈论。这是学术世界的“景观社会”，这里没有二元对立和抗争，只有歌舞升平的热点追逐，以及友好和谐的规训。

我认知中的“批判”，需要开始于一种“同情式的理解”。美国高校当今的这种“大气候”之所以让我感到错位，其中一点就在于，它秉持着“人人的观点都重要，人人的观点都应该被平等地尊重”的原则，鼓励着学生们不断地研讨，不断地发言。可是这种头脑风暴，灵感触动式的宣发，并未经过足够的沉淀。提及、讨论，进而用一种时兴的价值观去批判大学者的理论，很容易让自己得到一种高高在上的快感。但我看到“轻”的沉重。操持着自由主义一揽子的价值观，丈量一切，这并不会助长一个领域研究的发展。“作出道德的评判总是容易的”，唯有真正意义上进入历史，首先在思考中预先站在欲批判对象的立场上，同情他，与他同理，帮他说话，尽可能地为他辩护——当这种同情和辩护被往前推到无以复加的地步，才可以说，在这个时候，学问中产生了言之有物的“批判”(吴彦)。

语言远未熟练，知识结构不够扎实，却也不愿意参与便捷的观点宣发——屈心而抑志兮，我体会到边缘人的消沉。长期处在一种低能量的运转状态，自己也做不出能让自己看得上眼的东西，于是我得到更多的消沉。循环之下，无力感渐深，但我又厌恶连贯一气的建筑楼中，一张张免费心理咨询的牛皮癣。现代的心理咨询，是资本世界的一个年轻发明。它可以帮到很多人，但不是我。它将深刻的信仰危机，思想上难解的谜题，一概下降为临床的、技术的、有名目的问题。我的抵抗不是我孤独的执拗。海德格尔、福柯站在我的身后，他们也道，biology is the emergency of modernity[①]。他们早就意识到，宗教与哲学最深处的悸动、不安和深沉的痛苦，不该被现代性轻轻地抽掉灵魂。不过我也知道，哪里有驯化的力量，哪里就有小小的抵抗。这发生在一切历史的社会，也发生在我的脑子里。

在一些平日的中午，我会在走到大门前 Mas SsAve 的廉价中餐车处，从眼镜厚如啤酒瓶底的老板娘那里，买一盒连吃三天就会拉肚子的辣子鸡配炒饭。但我并不马上折回，而是多走三四百米，前往查尔斯河边停留一些时候，再从基里安

① 译：生物学是现代性的紧急情况。

露天庭院（Killian Court）返回工作室。习习之风，莽莽之景，河面有太阳的回音，对岸的波士顿后湾正投下蓝色的影子。这是我连续高压的工作下，一隅偷来的好时光。

我是一个过于较真的人，不知道如何囫囵地略读世界，不知道如何轻巧地漏过一些无用而自害的不安。我所习惯的，是调动全部的情与理，参与它。对于阅读，对于遇人，对于求学，都是这样。但显然，这样的一个年轻人无时无刻不在透支着自己——所以我时时自问，何以找到心里面的和平呢？于是我再一次想起芥川龙之介在《侏儒的话》中的话：

“最为贤明的生活方式是蔑视时代的习惯，同时又一点也不违反它地生活着。”

巴克图书馆 / 陈飞樾　摄

想看花开，你要学会等待
——留学是一条成长之路

申雨阳
约翰斯·霍普金斯大学
Johns Hopkins University

心有繁花，不畏浮华。

——题记

Part 1

成年，是我们离开父母，独自面对世界开拓人生之路的起点，踉跄跌倒，不怕，爬起来，奋力奔跑。

有的人会说，留学不过是另一种形式的逃避，在国内混不下去，才去国外苟活。有的人还会说，拿着父母的辛苦钱去国外享受，裹着镀金外壳，不过是堕落。对于这些说法，如果你觉得刺耳，那是因为你听得还不够多。

不可否认，以上的描述，确实是一小部分留学生的真实写照，但这些数落着别人的学生即使在国内，恐怕也属于“浑水摸鱼”的一类，这与身处何地没有关系。而我在国外更多看到的是那些阳光积极、热爱生活、不怕试错、努力让自己变得更好的人。

（一）

Betty，来自父母都是教师的一个普通家庭。一个非常聪明的南方女孩儿，总是有各种各样的点子让人耳目一新。而就是这个大家眼中的学霸，却在考研的洪流中被冲刷下来了。Betty说自己心态不好，每次遇到大考就会失误，这次失利让她觉得对不起自己的努力和父母的期待，低落了好一段时间。好在上天心疼这个乖女孩，又为她打开了一扇窗。Betty在辛苦备考雅思两个月后，申请了留

加州尔湾的天空 / 申雨阳　摄

学。学校看重的，不是那一次定生死的考研成绩，而是她在面试时的坦然淡定，逻辑清晰，口才过人。

Betty 释怀地笑着和我说，她根本没想到自己能拿到南加利福尼亚大学的录取通知，这可是比她想要考研的学校不知好了多少倍的世界名校。如今的 Betty，每天穿梭于不同教学楼之间，不是在图书馆自习，就是在活动室里与小组成员研究课题。从 Betty 的眼中，我看到了熠熠生辉的亮光。

是呀，高考抑或是考研，都不是人生唯一的出路。不要让任何一次考试来决定我们的人生，我们的未来由我们自己决定！

约翰斯 · 霍普金斯大学校园 / 申雨阳　摄

（二）

Carol，一个有着五年工作经验的上海女子，会打扮，懂生活。Carol 说，自己从来都不是个爱学习的“好学生”，但这些年的工作经历让她真切地感受到“书到用时方恨少”的道理。虽然自己的工作能力很强，但理论水平不足以支撑自己再往高位走。于是她选择了出国留学，再次回到校园，坐在课桌前，与弟弟妹妹们一起学习。

我问 Carol 从忙碌的工作状态再转换到学习模式会不会很吃力，Carol 没心没肺地笑着问我：“学习就不忙碌了吗？ 但这样的忙碌让我感到了前所未有的充实！”Carol 承认，放弃自己已有的高薪和职位确实需要下很大的决心，但再次返回校园的自己却已不再是“小白”。正是因为深刻了解到学习机会的来之不易，才会更加珍惜学习的时光，付出比他人更多的努力，这是没有步入过职场的学弟学妹们所体会不到的。

Carol 的勇气是值得敬佩的，在职场上她可以是雷厉风行的白领女性，在校园里她也可以是最自信的演讲者。没有因为工作阻碍了自己学习能力的提高，也没有因为年纪阻塞了自己学习潜力的发掘。不给自己设限，有了想学习的心，任何时候学习都不会晚！

（三）

Allen，热情开朗的北京男孩儿，家庭条件不错，但却并不以此为优势在国外挥霍享受，反而选择自己打工做兼职来维持日常开销，为的是不开口向家里要一分钱。我很好奇问他为何要这样做，Allen 说：“我已经是个成年人了，我有能力养活我自己，我可不想一直‘吃软饭’。”听完这番话，我顿时感觉眼前这个单纯的大男孩形象伟岸可敬。

Allen 是一步步成长的，刚出国那会儿还是家里娇生惯养的“小皇帝”，完全没有独立生活的经验，还因为带着较浓的中国口音不敢和美国朋友搭话。后来经历了一个人找房，一个人搬家，一个人生活，学会了做饭、打扫，井井有条地安排自己的生活和学习。在学校的学习和兼职经历，让 Allen 结交了许多朋友，把英语口语练得可谓是出口成章，很是地道。

Allen 说，在国外生活最大的感触就是这是自己的生活，完全由自己来掌握，你可以把它过得味同嚼蜡，也可以让它色彩缤纷。当然，他是幸运的后者。每逢假期 Allen 都喜欢到处走走看看，感受不同的文化，和不同的人交流。Allen 认为这些经历让他变得更加包容，学会了理解他人，拓宽了自己的格局。

（以上故事均据作者朋友的事迹编撰，如有雷同，纯属巧合）

她，他，他们，不过是如繁星般众多的留学生群体中的小小缩影。他们也曾迷茫，也曾彷徨，也曾跌倒，也曾受伤，但年轻的生命从来都是生机勃勃、向阳而生的，他们终将冲破乌云，找到属于自己的太阳。

感谢经历，感谢成长。

Part 2

成长，需要时间去浇灌，去思辨，去厚积，然后破茧成蝶。

一

每个人成长的时间各有长短，就像每一朵花都有它盛开的时间。如果想看花开，那就要学会等待。而留学，正是这等待的一部分。

我并不是一毕业就选择留学的。拿到了 500 强企业的录取通知，就顺理成章做起了“996”的打工白领。在上海的“偏远地区”租了个不到十平方米的单间，每日清晨穿梭于早高峰的地铁线之间，穿着廉价的西装坐在高档的写字楼里，对着电脑处理着永远也做不完的活儿，用一刻不停地忙碌不断麻痹着自己迷茫不安的心。

在这个社会，你必须不停地奔跑，才能使你保持在原地，不至于下沉。相信红皇后假说的我，年少轻狂性子急，总想着要快点毕业，快点工作，快一点，再快一点。一心只想往前跑的我，却忘了停下来问问自己真正想要的是什么，而恍悟的时候，才明白人生应该放慢脚步，一步一步走。而出国留学，为我按下了人生的暂停键，给了我一个反思内省的机会。脚下的路，反而清晰明朗了起来。

当你迷茫的时候，就应该多读书，这句话确是真理。读书，不仅能让你认识世间万物，更重要的是能认识自己。读书，不只是能让你开阔眼界，更是能让你拥有更多选择未来的权力。不可否认的是，在我们当下社会中，一个人拥有更好的教育背景，更高的学历，确实会受到更多雇主的青睐。而当你既有很好的自我认知，又有不错的教育“资本”在手，你就更容易找到适合的工作，获得幸福感。留学，正是这样一个能让我开阔眼界，认识自我，提升教育背景，拥有更多选择权的道路。

加州尔湾的沙滩 / 申雨阳　摄

（二）

一个人在国外的日子，真正教会我的，不只是生活上的独立，更是精神上的人格独立。

美国大学倡导包容开放的教育理念，思辨和创新，贯穿教学的始终。还有各种社团和兴趣小组应接不暇，课余的生活更是丰富多彩。

Ben 是我最要好的美国朋友，刚上大二的他就创办了自己的辩论社。原本不喜欢辩论的我，却参加了社团的所有辩论。想到那个从不习惯在公共场合发言的我，能站在讲台上一字一句逻辑清晰地用英语反驳对方辩友，很是意外。Ben 却一点也不意外，他说：“这才是你应有的样子，大胆表达自己的观点，这是每个人都应该具备的品质。”

Ben 的本科专业是脑神经科学，又辅修了法律，自己还很喜欢历史和语言，作为理科生，却阅读了不下百本历史书籍，还经常和我讨论中国的历史。自学成才，精通法语、西班牙语，还向我学习汉语。我很诧异 Ben 是如何成为时间管理大师的，他却只是说因为喜爱。而在我所接触的美国学生中，像 Ben 一样独立思考、涉猎广泛的人不在少数。正是这样开放的学术环境，滋养出了这些“随心所学”的学子。他们不迷信老师教授的知识，不局限于课堂上的框框架架，跟从自己的兴趣，不断学习，但又不只是为了学习。

（三）

不是每个人一出生就能清楚明白自己真正热爱的是什么，今后要为之奋斗终生的是什么。总是在不断寻找、不断试错、不断否定中找寻到了答案。我的国际文化课的教授曾做了三十几年的审计师，年薪几百万美金的她却突然在某一天清晨醒来，发现自己的人生意义应该在讲台上实现，于是毅然决然辞去了合伙人的身份做起了老师。我们每个人都是独立的个体，只要在自己的时间里，一切都对得刚刚好。

人们常说，越是年轻，试错的代价就越小。这也能解释为何随着年纪的增长，人的胆子反而更小。但尼采却说，对待生命你不妨大胆冒险一点，生命中最难的阶段不是没有人懂你，而是你不懂你自己。人生虽然没有重置键，成功的是经验，失败了也是积累，所有的经历都是你独一无二的财富。就像美国著名哲学家RalphWaldo Emerson所说的，Don't worry if you're not sure where you're headed or what your long term goals are—stay true to yourself and it'll make sense in the end.（如果你不确定自己的前进方向或长远目标是什么，请不要担心——忠于自己，所有的一切最终都会有意义。）

留学的经历，让我更加认清楚自己，更加明白学习的真谛，更加感悟到生活的意义。就像英国学者纽曼说的，不要害怕你的生活将要结束，应该担心你的生活永远不会真的开始。

我想我真正的生活，已经开始。感谢留学经历，感谢生活。

破

逆风飞扬　破茧成蝶

我疲惫生活的英雄梦想（节选）

王若静
早稻田大学
Waseda University

My philosophy of life is work. ——Thomas A. Edison①

——题记

坐标：日本早稻田；身份：计算机硕士在读；身上除了留学生的标签，我还是知乎答主、公众号号主，全网粉丝 3W+。近两年的硕士时光，我努力在多重身份下自由切换，为了不让对我有期待的人失望，我有过很多焦虑失眠、辗转反侧的夜晚。

歌德说："没有在长夜痛哭过的人，不足以谈人生。"

我第一次"痛哭"是在大二，大年初一夜躲在自己房间里写论文。窗外万家

① 译：我的人生哲学就是工作。——托马斯·阿尔瓦·爱迪生

灯火，我在灯下因为写不出论文而号啕大哭，因为有鞭炮声做“背景乐”(BGM)，完全不用担心吵到另一房间的父母或者楼上楼下的邻居，所以我才敢踏踏实实地做个“小哭包”。

作者个人照

自从高考失利，从省重点的理科实验班到了一所“双非”二本大学，我就开始了自苦的人生。

那个时候，没有人硬性要求我写论文、打比赛，一切都是我自己的选择。我不敢在父母面前显示出任何软弱的情绪，是因为我知道迎接我的不会是父母的暖心安慰，只可能是“让我认命”，承认自己不行的事实。我无力解释自己的高考成绩，只能从进大一开始，把自己的真实情绪隐藏起来，在角落里一遍又一遍地给自己洗脑：“你可以的，你一定可以的。”

我想我的世故就是从那个时候开始的。

我第二次“痛哭”是在大四毕业的暑假，和当时大学里的男朋友因异地而分手。

我这一哭就是整整一个星期。在那一个星期的时间里，我醒着的时候无法控制自己去想“我们”，睡着的时候无法控制自己梦见对方。现在回想起来真的太痛苦了，那种感觉我一直记得，就像心被挖走了一块，空落落的，仿佛不会再爱了。

我想我的这个现实就是从那个时候开始的。

现在我读研二了。大学毕业之后，当我带着我读二本时母校给我的成熟、世故和现实继续行走在这世间，我的眼里除了生死都是小事。

现在的我都数不清自己具体“痛哭”过多少次了。

写不出论文要哭，科研进度掉了要哭，成绩考差了要哭，不想做饭要哭……允许自己在别人看不见的地方“脆弱”，我觉得这些都无伤大雅。

同时我发现留出足够的空间和时间“痛哭”，本质上是一个自我治愈的过程。哭不可耻，成年人的情绪是需要及时发泄和排解的，返璞归真，允许自己有“孩子气”的任性时刻，才是聪明人会优先于看心理医生的选择。

我非常感恩自己现在拥有的一切，我想现在的我可以回答我父母当年的那个一度让我无语凝噎的问题了：“你为什么会高考失利？”——因为没有找到努力的意义。

高中三年想不清“为谁而读书”这个人生命题，于是努力就没有了方向；大学四年都在为了“回到我本应该在的优秀轨道”而努力，目标唯一且眼神坚定。

考研武汉大学，圆梦985，学了喜欢的计算机专业，研二又走校际合作项目来到了日本早稻田大学，我走的每一步都特别踏实。一手烂牌，最终被自己打出

在奈良被小鹿追 / 孙子棠　摄

花来的成就感，比一直站在云端享受众人的称赞，要爽太多。

有“粉丝”在后台留言问我怎么定义自己。

我想了一下，回答：“独立而强大的职业女性，永远在路上。”

来日本之后，我独立的状态又上了一个台阶。自己联系房屋中介看房，找搬家公司搬家，把自己的小家打理得井井有条。更甚者，23 年十指不沾阳春水的我，因为疫情闭校，突然打开了烹饪新世界的大门。

我妈会在我回家做饭的同一时间跟我视频聊天，我会边做边听她东家长、西家短地叨叨。以前嫌她烦，现在却喜欢听上了，因为觉得妈妈需要“观众”，而我需要更多“烟火气”。即使远隔万里，我们依然需要有“亲子互动”的时间，这种感觉像极了小时候妈妈在场外看着我玩蹦床，有一种能量在两个人心间蔓延，这是属于我和我妈妈的默契。

虽然小时候不用想事，但我还是觉得长大更好。因为我不再模模糊糊地感知，而是能准确地定义周围的一切。

鲁迅说：“‘世故’深刻到不自觉其‘深于世故’，这才真是‘深于世故’了。”可见一个人真正的成熟，是知世故而不世故。

我的成熟让我尽可能地避免给别人添麻烦；我的世故让我看透这众生百态；我的现实让我在择偶等人生重大选择面前保持理性。我还多了很多任性，它让我从各种现实的苟且和不完美里抽离出来，保持一种积极向上的状态。谁的人生都不是一叶轻舟，但疲惫生活的英雄梦想是被允许的。

我们就像任天堂《塞尔达传说》游戏里的主角林克，历经险阻初心不改，最终都会救出自己的“公主”。

宋代诗人苏轼《和子由渑池怀旧》诗句：“泥上偶然留指爪，鸿飞那复计东西。”这是我最喜欢的两句诗，送给你。

愿我们都有梦勇追，青春不悔！

扫码观看精彩朗诵片段

朗读者：王向群

在日本的那一年

左华艺
大阪大学
Osaka University

> 循此逆旅，以达天际。
>
> ——题记

写这篇文章时正值深夜，暖黄的灯光和夏夜的风，清醒而悸动的情绪正适合回忆。曾无数次提笔，千头万绪却不知从何写起。2017 年我赴日留学，而今已过 3 年，时间不长却恍若隔世。在被疫情冲淡了的单调的日复一日中，回望那段浓墨重彩的留学经历，仿佛一份上天恩赐的礼物、一场美妙绝伦的奇遇。黑塞之《悉达多》有云："佛陀本身所经历和体验到的秘密、觉悟、智慧，是无法用语言教授给任何人的。"而我只是凡人，更难将心中所感所悟尽数道出，但仍想于此用拙笔分享我在日本那一年留学的点滴经历和感悟。

我就读的是大阪大学日本语言和文化中心（CJLC）的 Maple 项目，用一年的时间进修日本语言和文化，切身体味日本文化的原味，学习地道的日语，感受日本的风情。因此调动全身上下所有的感官去"感受"是我此行的主旨。

作者个人照

“眼”观六路

在日本，最震撼的视觉冲击莫过于季节的风物色彩。春日漫天纷飞的粉色樱花、夏夜绚烂多彩的烟火盛宴、秋天漫山遍野的火红枫叶、冬季一望无际的皑皑白雪。分明的四季被这个崇尚顺应自然、珍惜当下的国度运用到了极致。在留学的这一年里，我有幸捕捉到了日本四季极具特色和张力的色彩印象。

日本是樱花之国。这种源于中华大地的淡粉色花朵在东瀛受到热烈的推崇。日语用“桜体七日（樱花七日）”形容花期的短暂，开时热烈绚烂却转瞬即逝，悲壮、凄美而决绝地离去，正契合了日本的文化价值观。

比樱花更短暂的是一场烟火的表演。花火大会是日本夏天的“定番”[①]，在日

① 日语词语，常备的不可或缺的东西之意。

日本京都街道的樱花

本的各个地方举行。用课上学到的方法系上浴衣的带子——定点、勒紧、绕圈、打结……虽然手法生疏，但终究是系紧了；戴上在京都游学时买的和韵发饰，穿上木屐，挽着女伴的手融入这个充盈着热闹气息的夜晚。路上的姑娘们，只要是去参加花火大会的，几乎都穿着浴衣，盛装打扮，看似简单而随意，实际却是暗藏玄机，每一处细节都整理得精致可爱。不同花色的浴衣和发饰争奇斗艳也是花火大会的看点之一。

“耳”听八方

“倾听”在留学的学习过程中至关重要。原汁原味的外语口音是在异国他乡学习的绝佳的一手材料。大阪地处日本关西，当地人说话都有方言口音，虽然一开始在沟通上遇到了一点障碍，但更多时候是觉得惊喜和有趣。尤其是我在和日本学生交流的过程中，听到了很多独特的表达方式和年轻人特有的新鲜词汇。不懂就问是留学生必须具备的品质，这样才能真正学到地道的语言。非常感谢大阪大学为留学生设计的“语伴”制，这或许也是源于大阪大学有一个非常系统专业的外国语学部，学习各种语言的日本学生都有，因此几乎所有的留学生都能匹配到能够互助学习的语伴。我的语伴就是学中文的，在每周一次的学习交流中她给了我许多帮助，在我听不懂的时候都耐心地为我讲解。

除此之外，所有的课程都是全日语教学，集中注意听懂老师讲的每一句话对于初到日本的我来说是具有挑战性的。我的日语听力不是很好，在国内学习的时候，每天也只有有限的时间能听到日语。而在日本生活的这一年里，不论是大街还是小巷，耳边充斥的都是日本的“生活音”，如地铁电车的报站声、商场店员的招呼声、电视节目声，乃至路人嘈杂的交谈声几乎都是日语。或许就是在这日复一日的“听力训练”中，我最短板的听力部分就在潜移默化中得到了提升。

除了听“语言”，当然还要听“音乐”了。日本的传统音乐，带有一种别样的韵味。日本古典艺能鉴赏课的老师带我们去听了日本的“能乐”，给我留下了很深的印象。能听懂的部分是极少的——正如我们也不可能奢求汉语学习者听懂中国戏曲，但能从整体氛围和音乐表达中感受到戏曲想传递的情绪。能乐的伴奏不过四种乐器：笛子、小鼓、大鼓、太鼓，用来表达心情、表现情景、推动剧情，同时配合角色的动作演绎，质朴的音色和特别的五音音阶给人一种悲凉凄怆、阴森诡谲之感，震颤心灵。此外，我还参加了大阪大学轻音部（摇滚）的社团活动，在他们的演出中享受了几场听觉的饕餮盛宴，感受到了日本年轻人和日本流行音乐的激情和魅力。

“口”齿生香

上述“听”的过程，其实是“说”的基础，在认真听懂了日本人说话的艺术、方言的魅力之后再运用到自己的日常生活中，会带给身边人许多惊喜，同时也极大地丰富了自己的口语表达。“不敢说”一直是许多留学生难以逾越的关卡。而我在留学期间有意识地锻炼了自己的口语能力，不仅加入了许多社团，和日本学

大阪大学丰中校区 / 左华艺　摄

生更多地交流，还在上课的时候积极与老师互动，尽可能地完整表达一些较为复杂的观点。我甚至还给自己报名了日语演讲比赛，在训练中提升自己运用这门语言的水平。在这样积极开口说话的过程中，我能明显感觉到自己的口语有了质的提升，而这也是身处日语环境带来的福利。

当然小标题中我所指的“口齿生香”并非这个词语的原意。一方面是指要多多开口说话，不要担心自己说得不好，只要开口就能“生香”；另一方面就是“齿颊生香”之意了——品尝日本美食是不可不提的快乐体验。留学生活的重头戏之一就是饮食，吃得好才能心情好，才能养精蓄锐去学习。日本的平价美食不胜枚举，像我所处的关西地区，著名的大阪烧、章鱼小丸子、鸟贵族烤串，还有牛角烧肉都足够大饱口福了，加上日常便利店和商场卖的点心小吃、饭团甜食琳琅满目，都非常精致美味。而最有趣的要数我们留学生聚在一起自己做饭的时候了，因为来自不同的国家和地区，饮食习惯千差万别，也就有幸能品尝到世界各地的美味——印度同学用从家乡带来的调料熬制浓香的咖喱，俄罗斯同学的奶油杂烩在烤箱里嗞嗞作响，还有我国四川同学们纷纷大显身手，做的川菜色香俱全，虽然因为调料不“正宗”，味道和国内不完全一样，但仍然得到了所有人的一致好评。都说餐桌是最治愈的地方，我们在异国的孤独感也早在这些温暖的食物和朋友们的笑脸中烟消云散。

“身”体力行

其实，这么多的文字还没能将我这一年的收获描写万分之一。这些回忆都在此刻忽地被唤醒，快速闪现在我的脑海中。

我想起最开始在游泳社跟着队伍一圈一圈游的时候，为了不掉队，呛水也要忍着，那种不给集体添麻烦、拖后腿的意识让我印象极深。我想起我在学园祭为一场街舞表演驻足流连，放弃了之前体验的所有社团，毅然参加了阪大街舞社，从一个舞蹈新人开始一点一点刻苦练习，在 2 个月后的 Show Case 上登台表演，获得了大家的惊叹和肯定；又在第二年登上了梦想中的学园祭舞台。这当中的成就感当然是巨大的，而在过程中流过的汗和泪还有在日本社团中感受到的格格不入的寂寞则更是成长的苦口良药，把人心修炼得更加坚强。

大阪大学丰中校园 / 左华艺　摄

我还想起我壮着胆子去报名每年大阪天神祭前夕著名的“女抬神轿”的游行活动，有幸被选中成为 80 名女性之一，在天神桥筋商店街约抬着 200 公斤的神车游行。那是我第一次接触到这么多日本社会的女性，在几天的培训中我们聊了很多，也让我对日本人有了更立体的认识。最终巡游的过程中，我们一起顶着烈日抬神车，传递节日的快乐，展现女性的刚毅和力量，感染着无数游客——这是我第一次以非游客的身份完完整整地参与了一场庆典从筹备到表演的全过程。当然那也是我第一次肩上扛着那么重的担子，很累但是很满足。

还有那些普通却充实的日子：陪日本孩子们一起玩雪，和日本妈妈们学做寿司卷，和日本爷爷奶奶们一起正坐品茶，感受煎茶道大会的雅趣……在这些身体力行中，我体会着异文化碰撞的快乐和惊喜。

“心”领神会

这些调动感官的过程，实际上都是用心学习的过程。或许是由于语言学专业的特殊性，除了认真学习留学的课程以外，课余的时间更是获取新知的好机会。在游学过程中，我对日本精致的服务业、干净的街道环境、较高的整体素质都有直观的体会；在社团活动中，切身感受到了日本学生对所喜爱事物的狂热、对做事情的认真态度、拜访朋友家的礼节，等等，实在难以用三言两语概括。

而在这些过程中我也发现，文化差异自始至终都难以消除，当然这也是世界文化多样性的可贵之处。人与人之间的亲密和疏离有时是对立统一而存在的。在共赏花火大会时、在和轻音部的日本同学一起放声唱歌时、在登台群舞时、在抬神车时，我们在那一刻仿佛化为一体，不分彼我、没有距离；可当曲终人散，一切拉回现实时，突然又能感觉我们的心与心之间有难以打破的障壁。那或许源于我语言能力的有限，或许源于日本人相处时那种近乎附和的礼貌感，“很难和一个日本人成为朋友”成了包括我在内许多赴日留学生很大的困惑之一。

诚然，留学之路是孤独的，没有交心的朋友常常是必经的磨炼。而正因如此，留学也是一个人成长最快的阶段——离开家庭的温暖独自在外生活，需要很强的独立性和自控力。但我们仍旧不能忽视与他人的联结，还是要尝试和身边的人坦诚相待，结交新的朋友。几个志趣相投的朋友会让留学生活精彩百倍。这一年我收获了绝无仅有的体验，有一期一会[①]的相遇，也有一生一世的友谊。我也从未停止对自我的探寻，从未改变过我认真的态度。可以问心无愧地说，这一年我是“一生悬命[②]”地走过来的。或许我的一生当中都很难再有这样宝贵的一年时光，可以去体验一个全新的世界，而我也毫不犹豫地张开双臂尽情地投入进去了。祝愿所有人都能珍惜留学的光阴，用尽每一个感官细胞去体验异域的文化，学习不一样的知识，丰富人生阅历。

---

① 日语词语，意为一生只有一次的缘分。

② 日语词语，拼命、拼死的意思。

在伦敦间隔一年后，我彻底失业了

刘九如

伦敦布鲁内尔大学

Brunel University London

活时尽兴，去无所羁。

——题记

我是 cici。

一个把自己沉浸在猫咪、咖啡和村上春树的独居女人。

2020 年是我的本命年，不是二十四岁的那个本命年。

大学毕业后我扎根到了深圳，混迹职场已经十余年，职业上升到了明显的天花板，又饱受办公室性骚扰之苦；和准备结婚的男友分手，在感情生活上一败涂地；年初的春节经历了父母洗脑式的催婚，重重压力下整个人陷入抑郁的深渊难以自拔。

不得已申请了年假去散心，跑到东南亚的海岛上待了半个月之久。你永远都无法料到，一次意外的邂逅，一句无心的话语，一个心血来潮的决定，都会影响

作者个人照

到你的人生轨迹。

在海岛的酒吧里我碰到了一个菲律宾女孩，年纪轻轻已经游历了七大洲上百个国家，她自称“Digital Nomad”，数字游民，居无定所，却通过一根网线维系着工作和收入。她的生活不由得触动了我。

二

回国之后，我坐在办公室里瞅着桌上的绿植发呆。生活本身无法逃离，每日栖息在这冰冷的钢筋森林中，日复一日的生活让我十分倦怠，让我逐渐麻木。

这样下去，我大抵会过着这样的日子：拼尽全部身家在深圳买一套房子，为人妻，生儿育女，忙碌在油盐酱醋中。我知道，我已经三十六岁。哪怕事业尚算体面，但在周遭人的眼中，我仍然是一个没有结婚的怪胎，没有儿女的可怜女人。再拖下去，我会愈发地迷失自己。

生活太现实，愿景太美好，然后摔得一塌糊涂。

三天之后，我提交了辞职申请书。

领导十分不解地问："cici，你真的考虑好了吗？"

我亦是扪心自问。

退掉了上百个微信群，删掉了上千个好友，再也没有人深夜@我让我加班出谋划策，朋友圈再也不用屏蔽指手画脚的领导，我缩在深圳的出租屋里蒙头大睡，然后收拾行囊，退租，剪短了长发。

顶着男孩子一样的毛刺头，买了直飞伦敦的单程机票。

二

正如塞缪尔所言，"当一个人厌倦了伦敦，他就厌倦了生活"。

起初我并不理解这句话，直到在这座城市栖息，我才渐渐明白伦敦的魅力，令你对这座城市另眼相看。

我在东二区租了一间狭小的卧室，和一个印尼姑娘和德国小哥合租，他们是在金融城工作的银行人。我在附近报了一个语言学校，本想着一把年纪，可能是班里最大的老阿姨了，没想到班里还有五六十岁亦是重新来读书的叔叔阿姨们。

在国内的大环境下，完全没有年龄焦虑是几乎不可能的。

但是伦敦这样一个城市，尤其专治焦虑症。对塞缪尔的这句话，直到我走近了，才渐渐明白。

在伦敦，我参加了各种稀奇古怪的活动。

在温布利公园参加彩色跑（color run），印象最深的是一对身着西服婚纱的情侣，两个人手持摄像机在人群中一边小跑一边录像，每个人跑过他们都会大喊"Congratulations！"（恭喜）。

我还参与了伦敦时装周（London Fashion Week）的志愿活动，帮助一个国内独立设计师联系当地的模特经纪公司，大秀当天起了个大早，在忙乱的后台安排模特出场次序。

参加了僵尸游行，在一磅店买了伤口纹身贴纸和血迹涂料，一到现场才发现自己的装扮完全小儿科。你看到过"老年版"的小丑和小丑女吗？在场有一对老夫妻，他们装扮成老年版的自杀小队，十分吸引眼球，引得众人注目。和他们闲谈搭讪时，聊到他们自结婚之后每年都会一起参加这样的活动。我表示无比羡慕，他们诚挚地祝福着我终究会遇到对的人。

三

诚如他们所言，我邂逅了一个小我一轮的男孩子。我在利物浦大街附近的一个土吧喝酒看球赛，碰到了一个喝大了的种族歧视者朝着我竖中指，吐字不清地哼唧着“Chink！”还吐了口水。突来的无妄之灾我自是不能忍，一杯酒泼上去开始和他对骂起来。

现在想想还是后怕，我独自一人，一个亚洲女人，瘦弱、矮小，英语又不流利，遇到醉醺醺的壮汉，小命尚在已经是佛祖保佑了。只是庆幸英国尚未枪支泛滥，要是在美国，保不准我头上已经开了花。

海德公园 / 刘九如　摄

万幸的是保安很快赶到控制了局面，并且把醉汉赶了出去。我亦是惊魂未定，匆忙收拾背包准备回家，一个眉清目秀的小哥跑来和我搭讪，并请我喝了一杯。在酒精的安抚下我逐渐镇定了下来，并了解到 Kevin 来自爱尔兰，目前刚刚毕业，准备在伦敦工作定居。

一来二去，我们之间的联系频繁起来。

Kevin 陪伴我在伦敦度过了一段极其美好的时光。漫步在泰晤士河畔，心随大本钟威严悠长的钟声一遍遍敲打，仰望伦敦眼高耸云端的风姿，走进威斯敏斯特大教堂，听一场弥撒，求一纸福音，无关信仰，只祈求心静；心血来潮时，奔到伦敦西区听一场经典音乐剧。

课程结束后，思绪万千，我最终还是决定回国。Kevin 得知后，我们依依不舍地相拥，他在我耳边低声喃喃："Give me a chance，an opportunity to love you，whether we fit，but I hope you will stay here."①

我鬼使神差地突然想到了杜拉斯的那一句话，没想到竟然一语成谶，"我们就到此为止，仅此而已，而且永远停留于此。"

我们直到今日依旧有联系，且成了很好的朋友。新冠肺炎暴发后，Kevin 远隔重洋来关心询问。每每压力大到难以排解，我时常会怀念在伦敦的日子。

无比想念伦敦，想念那大街小巷的酒吧，想念摄政街彻夜闪烁的天使灯，想念地铁站广播里"Please mind the gap"的提醒，想念在圣保罗酒吧喝的那一杯圣保罗日落（St.Paul' sunset），想念在金融城前断掉的高跟鞋，想念在牛津地铁站里的拥抱和亲吻，想念在西区（Westfield）的眼泪，想念和朋友缩在天台上看伦敦凌晨四点的日出，想念 2018 的一整年，我忘记了渐长的年纪，车、房的焦虑。我想念伦敦的一切一切，风、云、雨，可是我再也回不去了。

---

① 译：给我一个爱你的机会，无论我们是否合适，我希望你能留下来。

四

回国之后，求职变得异常艰难，我已有这样的心理预期，却也没有料到形势是那么的严峻。

我十年工作经验、六年管理层的经历让很多公司对我感兴趣，但由于我的年纪和尚未生育的缘故，最后的结果总是令人抱憾。

因为女性的身份，因为刻板的印象，因为管理层女性的稀缺，因为年龄的界定，让我有种深深的无力感，且感到悲哀。

但我不会再持续焦虑下去了。

Gap year（间隔年）这一年，我后悔吗？

这一年的逃离是我做出最大的冒险，也彻底将我从抑郁的边缘拉了回来。我更加笃定，一个人的安全感，只能是自己给自己的，手机满格的电量，床前的温水，银行卡上的余额。你的勇气之源，从来都不是来自车、房子、恋爱，而是来自你随时都可以改变自己人生的精神自由。

英国伦敦街道 / 刘九如　摄

扫码观看精彩朗诵片段

朗读者：米鸥

留学的记忆

张俊杨

悉尼大学

The University of Sydney

No matter how dark the moment, love and hope are always possible.[①]

——题记

偌大的会议室里，面试官看着一份简历，没有什么色彩修饰、华丽辞藻，抬头望了望端坐在对面的青年，他很瘦，清朗的目光中含着一丝疲惫。此刻他正低着头，认真地看着手里的表格。

“我看了你的简历，你是海外 S 大毕业。那我的第一个问题是，留学几年的经历，你觉得自己最大的收获是什么呢？”

青年把目光从表格上移开，望向会议桌对面审视的目光，该从哪里说起呢？

四年前，S 市机场。

① 译：无论此刻多么黑暗，爱和希望总是可能的。

作者毕业典礼 / 张俊杨

走出机场的大门，清凉的风扑面而来。七月对于位于南半球的 S 市来说正是冬季，可是空气中并没有太多的凉意。湛蓝的天空万里无云，让坐了十几个小时飞机的他也感到精神一振，马路边几只白色的鸽子慵懒地拍打着翅膀在建筑的阴影里踱步，几个工作人员正挥舞着双臂进行旅客的引流。

井然有序，就是他对 S 市的第一印象。

他无疑是幸运的那个。中学时代很好的玩伴和他申请了同一所学校，S 市还有相熟的学长，第一天便带领他们办理好了诸多繁杂的手续。在一个陌生的城市里，可以和熟悉的人在一起努力，也许就是最幸福的事之一。

课业的压力无疑是繁重的。全英语授课让他不得不回家反复听课程录音才能完全消化，厚厚的教材即使借助字典，阅读的速度也异常缓慢。于是他不得不时常挑灯夜读，在安静的房间里，只有角落的一盏台灯散发着惨白的光，他揉着困倦的双眼，拿起早已冷掉的咖啡缓缓喝上一口，目光便再次聚焦在书本上……

相信对于每个留学生而言，全英文的展示都是一个全新的体验和挑战。当他站在讲台上，面对着台下众多的目光，还是有丝丝的汗水从脸颊上流下。尽管已经做了充足的准备，但是他的大脑还是出现了短暂的空白，这是第一次在这么多

悉尼大学校园一角 / 张俊杨　摄

同学面前，用一段英语来表达自己的想法。他下意识地扶了扶眼镜，转头看了看他的搭档——一个梳着齐耳短发的圆脸女孩。女孩并没有注意到他的目光，此时她正涨红了脸，低着头低声念念有词。他瞬间明白，不能让自己的紧张也弥散到她的身上，于是他抬起头，看着大屏幕，缓缓地开始了讲述……

直到掌声响起，教授微笑着示意他们可以回到座位了，他才回过神来，明白他们已经圆满地完成了任务，连忙道了声谢向台下走去。

渐渐适应了学习节奏的他，也慢慢爱上了自己的留学生活。虽然有些疲累，但也获益良多。第一个假期他换了住处，和几个相熟的伙伴租下了一间公寓。几个人一起研究租房合同，置办家具，连接水电网，个中甘苦自然不足为外人道也。但当一切大功告成的时候，还是有一种成就感油然而生。室友之一是读工程的本科生，年纪不大的他却做得一手好菜，各种菜系竟然都有拿手绝活，常常自诩为大厨；室友之二是文质彬彬的 IT 男生，平时很宅，但对电子问题的处理得心应手。就这样来自祖国天南海北的几个人，在 S 市有缘相聚，他们也都很珍惜这段友谊，因为这些共同的经历弥足珍贵。

悉尼大学校园里盛开的蓝花楹 / 张俊杨　摄

假期没有选择回家休假的他，找了各种各样的兼职和实习来填满自己的生活，也体验到了生活的另一面，虽然苦累，但是也收获了许多经验，认识了许多朋友。

在一家中餐厅打工的时候，他曾经不小心将热茶洒到一位客人身上。这位西装革履、头发半白的客人并没有对他发火，甚至还让他坐下，语重心长地说："我能理解你们留学生的不易，在我的眼里你们也只是孩子，想必也还没从学校走入社会吧，以后小心点就好。"这让他的心里感到了无比的温暖，一时间却不知道该说什么好，于是只能闷闷地回了一句"谢谢您的理解"。他的同事们，也大多是来自祖国各地的留学生，休息时大家常常聚在一起讨论各地的风土人情，偶尔还会交流一下各地的方言，欢声笑语也不失为一种乐趣。店里的师傅们也蛮喜欢这些年轻有干劲的小伙子们，常常会做些可口美食给他们改善伙食。直到如今，他还依然怀念那积极向上、蓬勃有力的氛围。

在海鲜市场打工的时候，他一时不小心被一只螃蟹夹到了手指，蟹钳很锋利，一道四五厘米的伤口处，殷红的鲜血缓缓地流了出来。这时经理看到了他的伤口，赶忙过来查看。他一边回应着没事一边准备回去继续工作。经理却拉住了他，带他去了办公室，一边细心地给他处理伤口，一边告诉他不要勉强自己，身体比较重要。他瞬间有点想哭，不知何时，他学会了在电话和视频中微笑着跟家人说自己过得很好，希望他们不要担心。他心里明白，这是他自己选择的路，他很感谢家人给予了他那么多的支持，包括物质上的和精神上的。所以即使生活的重压一次次将他几乎压垮，他也从无怨言，因为他明白，曙光就在不远处。

如果不是父亲的离世，他大抵已经爱上了这忙中有序的生活，他的留学生活可能也会有一个不同的结局。

他永远忘不了那个淅淅沥沥的雨天，还有三天就要期末考试，他和室友早已焦头烂额，把自己深深地埋在了复习资料里。因为戴着耳塞，电话响了半晌他才注意到。不耐烦地拿起手机，刚想出言抱怨，却被电话传出的噩耗惊呆。他只听到了前两句，后面的声音，他早已不知道在说什么。他的大脑瞬间空空如也，手机悄然从手中滑落，眼泪早已决堤。

他没能见到父亲最后一面，这可能将是他一辈子的遗憾。

这让他在相当长的一段时间里非常的颓废。他提不起精神学习，提不起精神工作。他变得少言寡语，沉默暴躁。从来没有任何恶习的他开始没有节制地抽烟喝酒，人也迅速消瘦下来。

好在他并没有真正地沉沦下去。朋友和家人数月如一日的开导和陪伴，让他明白他还有很多事情要去完成，颓废并没有任何实际的帮助。他需要振作，需要把自己未竟的学业和工作好好地去完成。他不能辜负所有爱他的人，他更不能辜负他自己。

于是他终于顺利地毕业、工作，重新找回了自己熟悉的忙碌而有节奏的生活。他知道自己的留学路有很多遗憾，并不完美，可是他没有什么后悔的，因为每一段经历都将成为他人生中独特而珍贵的记忆。

想到此，他知道自己已经有了答案。抬起头，他对面坐着的似乎已经不再是眼前的面试官，他仿佛看到了几年前那个迷茫和踌躇的自己……

他知道，自己的一切努力，都没有白费。自己的一切辛苦，换来的都是值得。往事勿追，未来可期。这就是他应该给出的答案。

“留学生活的每个记忆，都像是一片拼图的碎片，每一片都是独特的，但却都小得几乎不可见。只有将所有的碎片找齐拼凑完整，我们才能看到这是多么美丽的画面。几年的学习、工作、生活，我学会的不仅仅是专业的知识和技能，赚到的也不仅仅是简单的金钱。我很感谢我的家人，愿意全力地支持我，让我去追寻自己的梦想，丰富自己的阅历。我也很感谢我在海外认识的所有朋友，我们的相识相知相熟产生的奇妙化学反应，让我们都成为更好的自己。我已经不再是那个稚气未脱的自己，我学会了如何独立，如何正视一切困难和挑战，并怀有积极的心态去面对它们，我学会了在忙碌的学习工作中，给自己点缀一点精致的生活，我懂得了如何严于律己，也明白了应该宽容待人。我不再会因为取得了一点成绩而沾沾自喜，也不会因为暂时的挫折一蹶不振。我相信，我成长了，成为让自己更加喜欢的自己。”

心有所往　无惧西东

邝颖图
爱丁堡大学
The University of Edinburgh

我伸手摘星，即使徒劳无功，亦不致一手污泥。

——题记

从高考毕业后暗自喜欢心理学却没勇气选择，到终于取得爱丁堡大学心理学硕士学位，我花了 7 年。留学一年对我的人生而言并不长，但它的存在就像鲜明的北斗星，曾是我过去孜孜以求的目标，后来也给予我更多底气面对每一天的生活。

去爱丁堡大学读书源自对心理学的长久热情。心理学是我心中多年的白月光，我从高中时已朦胧感到对它的喜欢，但高考后阴差阳错报读了其他专业。本科毕业后辗转几份工作，始终觉得缺了由内而外的激情与创造力，放不下对心理学最初的向往。在一个无眠之夜，我躺在床上问自己，这辈子难道就这样了吗？只能一直敲着言不由衷的文字，应付着缺乏动力的任务？我害怕自己在白发苍苍的一

爱丁堡格拉斯广场 / 邝颖图

天感到后悔。我不甘心，决定读研。这一次，我认定选读就业前景不怎么“光明”的心理学，选择了学科积累深厚的英国。在目标的驱动下，备考雅思也不觉得难熬，曾经对留学生活的担忧被勇气填满。原来，这就是方向的力量。

留学英国这一年，是我工作后重返校园的空档年。我给人生按下一个暂停键，有了一段时间、一处空间好好思考未来的路。借这一年，我不仅想打破原有生活的条条框框，去看看异国的人们怎么生活，探寻人生的其他可能；我还想验证自己是否适合做学术研究，以决定毕业后是继续求学还是求职，又在哪个具体领域长久耕耘。

一、留学初期的挑战

2019 年 6 月，我离开故土，第一次踏上英国的土地，周遭一切的确令我新奇。正值英国夏天，白天很长，日光明媚，草木葱郁，整个爱丁堡美好得不可思议，引诱我们放肆周游。语言班课业压力不重，那时的我，与其说是学生，更多是怀着旅者的心态，一得空便呼朋唤友外出游玩。7 月，我兴致勃勃地探索学校附近的公交站、超市、购物街、书店、餐厅、公园等，在新鲜感的滤镜之下，再普通的地点都像景点；8 月，爱丁堡艺术节，随处都上演歌剧、舞蹈、杂技、脱口秀或街头艺人演出，空气中都弥漫着艺术气息；我从苏格兰博物馆、美术馆逛到伦敦大英博物馆，为各色藏品与背后的故事着迷，文物带来的震撼跨越了语言

爱丁堡王子街日落 / 邝颖图　摄

障碍；9 月，与同学结伴去苏格兰高地，感受原生态的森林、草原与瀑布，以及变幻莫测的典型天气……种种新事物让我应接不暇，暂时不愿想那些沉重的命题，想来真是留学期间最轻松的一段时光。

随着新学期来临，学业压力骤增，大片时间被上课、读文献、写论文填满，原来带着浪漫色调的生活节奏被打破。我意识到，留学的考验才真正开始。尽管考过了雅思，面对口音各异的教授和同学发言，我还是有些跟不上节奏。在英语语境下，曾经熟悉的学习任务变得具有挑战性，看文献时对专业名词似懂非懂，课堂讨论难以流畅表达观点，初次接触研究方法一头雾水……尽管旁人总是笑着鼓励，但我内心的压力越发沉重，只能做更多准备、复盘与调整。

犹记得，第一学期期末考试，两门课都需要现场写 4000 字的闭卷论文。这意味着考试时没有任何参考文献，不仅需要充分理解理论的内涵与联系，还要记得理论家姓名与年份。我一度担心考不过，只能硬着头皮制订、执行复习计划。寒冬 12 月，下午 3 点天色就缓缓变暗，甚至飘起纷纷扬扬的雪花，窗外的寂寥恰恰映照求学的不易。考试时，我终于如愿流畅作答。走出考场那一刻，相比欣喜，我感到更多的是平静与自信。从最初的担忧，到持续行动与调整，到完成挑战，这使我明白扎实的付出才能带来更多的成长。回头想，正是留学期间一次次跨过原以为跨不过的坎儿，向舒适圈外迈出一步又一步，才使我对自己的能力有了更充分的信任，也让我面对日后的挑战有了更多的底气。

实际上，专业理论的学习之路，虽然累，至少能让我知道努力的方向；而关于未来的迷茫，却让我无所适从。随着第二学期来临，我在学习上更加得心应手。当不再忙于学习或生活事务时，关乎未来选择的问题总在夜深人静时涌现：读博还是找工作？留英还是回国？是否选择心理学相关的职业？我自认为对心理学充满热情，学习理论知识也给了我宝贵的收获，但仅凭这份个人层面上的热情，足以支撑我在心理学相关领域扎根深耕吗？如果说，一场期末考试只是考查心理学学科内容，那么一幅未来的画卷，则考验我今后对心理学持续投入行动的决心。这一路势必有不少困难，例如学习心理咨询的前期投入难获回报、重视的心理流派不被理解与认可等，这些都可能使我彷徨动摇，怀疑自己的选择。我想，能让我一直坚持下去的前提是，我必须找到这个方向对我的意义。

二、照亮他人的意义

冬去春来，我所重视的这份意义感，终于在实践中悄然到来。

读研的第二学期即将结束时，我们陆续开始准备拟定毕业论文的选题。论文导师 David 是心理疗法 ACT（接受与承诺疗法）的资深研究者，受到他的启发，我的选题着眼于心理视角切换对人情绪状态的影响。心理视角切换是 ACT 疗法的一部分，我打算在实验中让参与者联想一个从儿时起就困扰他们的负面想法（他们无须与我们分享想法），再让他们做心理视角切换，以了解其对他们负面情绪的影响。

原以为我是置身事外的观察员，一名参与者 Audrey 却给我意料之外的触动。她在实验结束后自发地与我分享困扰她多年的心结。原来，她从小就不受父亲重

俯瞰圣安德鲁斯 / 邝颖图　摄

视，弟弟出生后更是如此。有一次，她的父亲专心照看弟弟，她在家门口差点出车祸居然都没被发现，幸亏被邻居及时救下。多年来，她一直觉得在父亲心中低人一等，总怀疑因自己不够好而得不到父亲的爱。她一路努力读书、考上好大学也怀着隐隐的愿望——向父亲证明她很优秀。

实验中，我让 Audrey 联想：假如眼前是你的一位好友，她正向你诉说她有这样一段心路历程、总是因此产生负面想法，你会如何回应她？她先是一愣，继而陷入沉思，缓缓说道："我会抱抱她，跟她说，我知道这一切很不公平，但这不是你的错。你本来就很好，无须一直向他人证明你的优秀。无论如何，你都值得被爱。"说完后，她眼泛泪光，低头轻声啜泣起来。我忍不住轻轻地抱住她。

Audrey 情绪平复后，我又让她做另一个视角切换：请设想，现在的你已是 10 年后的你，你会对当年陷入这种痛苦的自己说什么？她又想了想，嘴角逐渐泛起微笑："我可能会说，别担心，你已经是很优秀、成熟的人了，不会再因为旁人的眼光而轻易怀疑自己。父亲的偏见没对你的生活产生多坏的影响，现在你身边有很爱你的家人、伴侣和朋友，你也很爱他们。甚至，父亲也开始为曾经的偏见感

爱丁堡大学法学院 / 文堪　摄

到后悔，虽然他没道歉，但看得出来他在默默关心你。就原谅那个倔老头子吧。”说完这番假想的对话，Audrey 忍不住扑哧一笑，眼神变得明亮。陪着她又哭又笑，我仿佛看见她心中的冰山正在悄然融化。

离开前，Audrey 认真地对我表示感谢。她说，她性格很要强，平时几乎不会与朋友说起这些，但自我怀疑的想法涌现时总使她痛苦不已。经过今天的实验，她与陷入难过的自己似乎拉开了距离，以朋友的视角和 10 年后的视角更抽离地看待自己的处境，给了自己理性上的分析与感性上的关怀，感觉好很多了。她还说，如果以后再陷入自我怀疑，会尝试今天学的方法。

其实我更想说，我也应该谢谢她。在她眼中闪烁起光亮的那一刻，我终于亲眼看见心理疗法真正在现实中帮助他人走出情绪困境。那天实验结束后，我围着学校里的大草坪走了很多圈，突然领悟到这个经历对我的独特意义，彷徨的内心迸发了前所未有的热情——我可以运用心理学的研究成果帮助更多有需要的人。相比于在理论界做研究，我更想日后用心理学帮助现实中的人们找到解决问题的钥匙。我不想让心理学仅停留于个人喜好、自娱自乐，而希望他人也能感受到它的美妙影响。这，便是我的使命感与意义感。

这是属于我的 Aha moment（顿悟时刻）。英国，3 月，在爱大古老的红砖教学楼旁，青青嫩叶从枝丫间悄然抽出，它们在阳光下生机勃勃的模样，无言昭示着春天的到来。找到方向的我，心情亦如景色般明媚，充满希望。我又想到留学以来身边影响过我的师友们，如致力于心理学疗法应用、在发展中国家开展难民关怀项目的教授 Mark，又如当妈妈后决心转学心理学、准备投身教育的同学 Becky，他们聊起自己的事业或未来的计划时，眼里总是有光。我想，现在我眼里也有了这种光。

三、逐步落地的使命

明确方向后，我地毯式搜索一切可以满足我期望的行业和岗位，但又再次体会到现实与理想间的差距：我所构想的用心理学帮助他人，不一定是工作岗位所需要的；而岗位对候选人的要求，我又不一定能完全满足。也许正因为意愿或能力上不够匹配，我投出的简历总是回音寥寥，使我感到有些焦虑。家里人偶尔暗示我，新冠疫情期间就业形势严峻，不要太挑剔了，可以扩大投简历的面。我理解他们的好意，但我想，如果我对事业方向没那么坚定，扩大选择面不失为一个探索的好方法；但既然我已坚定了追求的方向，就没理由轻易摇摆。坚持这个方向，即便最后所谋得的工作不一定完全符合最初的想象，也会相对靠近吧。这一次，留学期间的探索给了我对方向的坚定感，给了我坚持的勇气。

很幸运地，命运中的转折点再次到来。在那一个充满变数的求职阶段，我想知道自己在就业市场中的优势是什么，以更好地在求职时展现能力与潜力。身为心理学学生，我很自然地联想到以前了解到的各种心理测评工具，也尝试做了不少测评。但做了再多测评，看了再多报告，我对自己的认识总停留在已有理解中，缺乏旁观者带来的新角度，难免有些局限。于是，我想到向专业的教练或培训师求助。顺藤摸瓜，我发现了克利夫顿优势测评（clifton strengths）以及做测评报告一对一解读的李教练。

格拉斯哥—圣乔治广场 / 邝颖图　摄

李教练同样毕业于心理学专业，她在人力资源行业已有十余年从业经历，资质扎实，擅长于帮助个人把握优势、发展潜能。怀着好奇与期待，我完成了克利夫顿优势测评并请她解读。

“现在，我们一起来倾听你内心的声音吧。”她这样开场。围绕报告呈现的前十个优势，我们聊了很多。原定沟通时间是 1 小时，最后居然超过了 3.5 小时。她时而解释概念，时而分享他人经历，大部分时间却是针对我分享的内容不断发问，一次次挖掘我的描述背后隐藏的固有思维模式，也激发我对自己思考过程的认知与思考。一瞬间我意识到，这就是心理学中的元认知（metacognition）概念。比如，她察觉到我回答问题时总是犹豫着说“我不确定……”。她问我，是不是对生活中不确定性的容忍度很低，总是需要局势明朗才敢做决定？我想了一下，的确如此。她又问，有没有曾在不确定性较高的情况下放手行动，结果还不错的例子？我笑了，决定留学便是典型例子。下决定的那一刻，我并不知自己能不能通过雅思考试、最后会申请到什么学校，但一路走来，如今也算取得了不后悔的结

瑞典斯德哥尔摩游轮上 / 邝颖图

果。“所以……你看，不确定性也代表着可能性，生活中的不确定是难免的，如果因为害怕未知而不行动，什么结果都不会有。相信自己吧，你依然可以在未知之下凭借努力得到不错的结果。你找工作总担心公司对你的评价，但还没投简历又怎么知道呢！想投就投，有面试就好好准备、好好表现吧，迈出第一步以后，后面的事情会慢慢给你答案的。”李教练笑着鼓励我。

放下电话，一股暖流涌上心头。虽然我那时手头没有任何满意的offer（录用通知），但李教练循循善诱的提问与引导增加了我不少信心。苏格拉底说：“人应该认识你自己。”我始终相信，认识自我是长远发展的第一步。我切身感受到测评工具及解读报告对自身的帮助，这就像教练带领我走过一段向内探索的旅程，让我在认清自我的路上多走了几步，从而能够更从容地面对外界种种挑战。

更重要的是，这通电话给了我意外的发现：教练的工作，难道不就是我所向往的吗？通过为迷茫中的他人提供合适的测评工具以及有针对性的解读，能帮助他人更深地了解自己、更有方向地挖掘潜能。可能大部分人并不会在一生中经历严重的心理疾病，但我相信几乎所有人在一生中都经历过迷茫。总有些十字路口让人左右摇摆，稍不留神，可能会被外界左右了抉择，在某条路上渐渐远离初心。我想，如果能在这些关键时刻帮助他们向内探寻、听清楚内心最真实的声音，大概能更好地指引他们活成理想中的自己吧。

怀着这个更具象化的愿望，我开始关注人力资源行业，关注测评。一路以来我对心理学的热情、留学的学习、对测评的感悟等，丝丝缕缕终于汇聚成方向明确的求职实践。为寻得更符合理想的工作，我怀着无数未知再次离开家乡，来到行业资源丰富的一线城市。

现在，我终于可以自豪地说，我是一名人力资源行业的测评顾问。我热爱自己的工作，遇见了很多志同道合的伙伴，也有信心通过自己的努力帮助更多人，总是期待着在路上与无数灵魂相遇、对话。我想这便是：念念不忘，必有回响。

感谢两年前在困顿与迷茫中决心读研的自己，相比彼时，现在的我竟然已经走了这么远。心中的星星，曾指引我来到此地，现在依然在照亮我的去路。

挪威缩影 / 文堪　摄

唯有亲历，堪言真实

陈茹彦

澳门科技大学

Macau University of Science and Technology

成见成为人们思想上的一种牵制力，由于它的存在，使人除一种单纯的观点外，不能看到或注意到其他事物。

——题记

说实话，在准备考研的最初，澳门并不是我的理想城市。因为和绝大多数人一样，我对于澳门这座小岛的印象十分固化，只知道在这座东方赌城里，发达的博彩业是它最响亮的名片。虽然收到 offer 后，我也通过各种途径做了不少功课，但若非亲身经历，有些长期积累下来的刻板印象确实很难被打破。

一、破碎与迷惘

对澳门印象的改变，从第一次踏上这片土地开始。那一年的八月底 16 级台风“天鸽”重创了澳门，赌城的一切也暂时停摆。走出机场时我感受到的并不是一个

澳门科技大学及图书馆 / 陈茹彦　摄

旅游城市的繁华，而是风灾过后的杂乱与疲惫：街头卧着被风拦腰吹断的大树、街两侧的店铺贴着停业的告示、大大小小的玻璃窗上都贴着米字形的宽胶带、路两旁的低洼处摆放着大大小小的警示隔栏和警示牌……如果不是那几座赌场即便在停业期仍然彰显着金钱堆砌出的华丽，我可能会怀疑自己买错了机票的目的地。

特殊的环境让刚到澳门的我产生了很强的陌生感，虽然与海外相比，在这里上学没有太多的语言壁垒，但一下子打破了对一个城市大部分的认知，又在毫无缓冲的情况下，不得不在这个城市里开始一段新的生活，孤独与担忧在心头渐渐成形。

二、相识与相知

虽然对这座城市、对硕士生活、对自己的认知在不断被打破，但是在重塑的过程中，慢慢的，我越来越了解自己，也能够更好地融入周围的生活。作为一个慢热且内向的外来者，我本身还挺抗拒与陌生人的直接社交，在陌生群体中快速找到同好，对我而言并不是一件易事。更加不幸的是，当时我住的是混合宿舍，

龙环葡韵 / 陈茹彦　摄

因为不同专业的舍友和我的上课时间几乎是截然相反的，所以独自行动成为我入学初期的常态。总是一个人埋头乱闯，还闹过不少笑话，不过就这么一路跌跌撞撞，我也算是理顺了新生活的基本节奏。

本以为与新同学相交也是个慢慢熟悉的过程，可不知是不是传播专业本身赋予了大家热情的基因，第一节课我的破冰之旅就正式开始了。研究生阶段的功课大多需要小组合作，共同以合作作品或是 presentation（展示）形式来呈现小组工作的成果。

当第一节课老师宣布自由分组的时候，我是有些蒙的。那时的我甚至还不能叫出大部分同学的名字，而他们中的不少人都已因为同为舍友的缘故而彼此熟稔。一方面，我担心自己会成为落单的一员；另一方面，我又不敢“直接出击”寻找组员，担心被拒绝后的尴尬。一时间，不少思绪在心头乱舞。

万幸的是，有一位本地生很自然地问我能否和她一组，并且在她的热情相邀下，我们很快组成了完整的小组。按照老师的要求，我们得在三天内完成课题的选定和任务的分工。这并不是一项简单的任务，因为我们中不乏像我一样转专业来的学生，在讨论时我们总会因“说错话”“不专业”的顾虑而迟迟不能把分工确定下来。最开始，我也会因为转专业的身份而对自己充满怀疑，生怕拖小组的后腿，常以“好好好”“行行行”等和稀泥的方式来参与组内的讨论。

商量不定的结果就是作业的完成进度长时间停滞在了初期阶段。但很快，我

澳门特别行政区政府总部 / 陈茹彦　摄

们不得不面对的现实却是截止期日益迫近。于是，我们之间出现了第一次纠纷，虽然当天的小组会议是在不大愉快的气氛中进行的，但有些事似乎摊开讲远比保持着“表面和谐”更有利于其向前发展。一场带着些唇枪舌剑的组内辩论帮我们解决了不少前期迟疑不定的问题，打开天窗说亮话后，我们之间的关系并没有因此变得疏远，反倒更加紧密。虽然这次作业最后的成绩并不算十分理想，但是在这个过程中，对于小组合作我也有了些许新的认知：和谐并不一定是团队良性发展的标志，表面的和谐也会给团队的发展带来阻碍。另外，有时我对于尴尬的担心确实有些多虑，在学习中大家处于互助与互相学习的关系中，而无须将一个虚假或令自己不适的印象强行演绎。关于合作和自我的认知无形间发生着改变。

澳门塔石广场 / 陈茹彦　摄

三、了解与融入

除了这些，那次作业中我最大的收获是我在这里交到的第一位朋友，也就是那位第一个向我发出小组邀请的本地小姐姐。许是年纪稍长的缘故，她常给我不少的建议，有的关于学习、有的关于生活，在与她的一次次小组合作中，我认识到自身在社交和自我规划上的误区与胆怯。她还帮我找了些实践、实习的机会，让我能够将专业知识真正地运用到实践中去，在实际生活中去调整为人处世的方式与方法。同时，她也向我普及了不少与本地风土人情有关的信息。

烟火气与闲适是她口中的澳门所具有的特点。澳门主要由本岛和氹仔两片区域组成，氹仔拥有人们所熟知的赌场，如仿意大利水城建造的威尼斯人、拥有八字摩天轮的新濠影汇、大厅里摆放着巨大的钻石形全息投影的银河……这是游客熟悉的澳门。但对于本地人而言，本岛才是他们生活的大本营，他们习惯了去三盏灯品尝各式美食、去福隆新街和家人共饮一餐早茶、去妈阁祈求平安、去塔石公园参加各具特色的节日集市……因为有她的介绍和与同学们一同寻觅摊点的经历，澳门这座城市给我的印象慢慢变得柔软而富有生活气息。

在感受生活的同时，我也在尝试着打破心结，试着去主动与人建立新的联系，以更加适应和了解当时生活的环境。虽然我的粤语并不流利，但我也会尝试着与茶餐厅或是咖啡馆里的顾客一起聊天；我会参加学校内外的各种活动，如担任博鳌亚洲论坛志愿者、参加校内传播周等；在特殊的节日，我也会去“康桥夜市”或是“三盏灯”等居民聚集区参加当地的一些活动。最开始，可能我还是个独来独往的独行侠，但只要勇敢地走出去，积极拥抱新生活，日子一长，找到兴趣相同的同行者并非难事。

令我印象最深刻的还是担任“传播周”志愿者的经历。在传播周期间，我们得一对一负责接待外来教授，他们可能来自内地大学，也可能是来自非英语区的海外学校。同说汉语的教授交流自然难度不大，但是每当被派去接待说外语的教授时，我总会提前准备一下，甚至在去机场的路上嘴里还会不住地念叨几遍，生怕一上来就因语言问题出糗。来自内地的教授因为与学校的合作时间较长，澳门对于他们早已不再陌生。然而，每次接待外来教授总能感受到因为信息的繁杂和不同地域文化背景的差异，人们对于同一件事物的见解常常大相径庭。一些我们一听便是“虚假新闻”的信息竟构成了他们对一个从未来过的地区的全部认知。那么此时，带他们走一走、看一看，在沟通与交流间向他们讲述这片土地上正在发生的一切，无疑是在文化与学术的交流间隙，让一位外来者打破成见、了解本地文化的最好方式。

此外，澳门的文化韵味也在不经意间丰富着我对这座城市的认知。凼仔地区的繁华绝不能代表整个澳门的精彩，华美的现代化建筑常常会遮掩澳门的别样风情和历史。因为历史的缘故，中葡文化在这片土地交融发展，葡式建筑、葡国菜乃至人尽皆知的葡式蛋挞都已经成为这个城市独特的一道风景。直到现在，澳门

澳门街景 / 陈茹彦　摄

的行政区划依旧带有浓浓的历史印记。澳门共分为七个堂区，分别以七座教堂的名称命名：花地玛堂区、圣安多尼堂区、大堂区、望德堂区、风顺堂区、嘉模堂区和圣方济各堂区。虽然堂区听起来很洋气，但如果走进本岛的街巷，你也会发现不少中华传统文化的身影，每个居民区内都可以看到跌打馆、拳馆、凉茶铺……这些店面的门头并不华丽，但是古朴的店面陈设无疑是当地居民的一些生活的缩影。

说到葡萄牙，人们会下意识想到澳门那段暗淡的历史和 1999 年回归祖国时激动人心的场面。但不为人知的是，早在 16 世纪中叶，随着中外贸易的发展，明朝政府就已在澳门的西南部划出了一片区域，供以葡萄牙人为主的外国商人居住。自那时起，欧、亚、非、美四大洲的文化便在这里交融，外来商人们在这里盖房子、建教堂、修筑马路……这也就是为什么在本岛地区不少建筑既有广州骑楼的特点，又带着欧美文艺复兴后的风味，如岗顶剧院、东望洋炮台、何东图书馆等。这些建筑见证了近 400 年来中西文化交流碰撞的历史。2005 年，这些建筑群构成的澳门历史城区被列入了世界文化遗产名录。

近年来，乘着“一带一路”建设的东风和借力粤港澳大湾区城市群建设的政策，澳门逐步发展成联系祖国内地与葡语国家的经贸平台。中葡论坛常设秘书处通过举办“中国—葡语国家文化周”“葡韵嘉年华”和“拉丁城区幻彩大巡游”等活动进一步丰富了澳门中葡文化特色内涵。中葡文化在这里、在新的时期被赋予了新的含义。澳门也在努力打造“世界旅游休闲中心”和建设“中国与葡语国家商贸合作服务平台”的发展定位。

四、回望与感悟

正是因为在这里度过了两年充实的求学时光，澳门在我的眼中早已不仅是一座世界闻名的赌城，同时也是座充满生活气息与中葡文化风情的海上花园城市。当然，港珠澳大桥正式通车后，它迎来了更多的变化，向人们呈现出更加多元的城市特点。毕业后，每当有人和我谈起在澳门生活的经历，多数人的下意识依旧是将这座城市与博彩相联系，因为有些刻板印象，若非亲身经历，单靠口口相传的确很难改变。

同样，我们在生活中对不少事物的认知都是通过第三方信息来建立的。由于人们对于不同的信息源的信任度并不相同，处理后反馈的信息有时会有天壤之别。很多事情如果没有亲身经历，光靠他人的转述确实难以窥其全貌。

“平安留学”小贴士

顺风车儿不易乘，谨防吃亏酿惨剧。

防火消防要牢记，千万不能有大意。

校园暴力要谨防，忍气吞声不可取。

在雅典，遇见生活本来的样子

毛萌萌
雅典派迪昂政治经济大学
Panteion University of Social and Political Sciences

在这个多元的世界里，永远都有我们不曾见过的另一面。
——题记

“留学生”无疑是个光鲜的身份，但是光鲜背后真实的留学生活却跌宕得如同一个莫比乌斯环，明亮与阴暗接替出现、循环往复，我仿佛在时空交错里体验了一把别人的人生，又仿佛是平行世界里的自己，真实而魔幻。

找寻（Find）

大三那年，我幸运地获得了赴雅典派迪昂政治经济学院公费交流的机会，这个项目被称作伊拉斯谟计划（Erasmus Programme，European Community Action Scheme for the Mobility of University Students），是欧洲共同体在 1987 年建立的一个学生交换项目。母校负责对外交流的老师为我们争取到了四个名额，这大概也是少有的有中国学生参与的机会，尤为难得。

希腊网红景点“天空之城”/ 毛萌萌　摄

被通知入选时，兴奋之余我还有些许恍惚，除了没想到如此幸运，还有一些要独自到陌生国度生活一段时间的不知所措。提到留学，人们潜意识里总会浮现出英美澳等留学大国，或驻足自由女神像下，或漫步泰晤士河边。相比之下，充满神秘色彩的希腊似乎是一个小众的选择。况且我本科读的是新闻学专业，大三正是课业紧张的时候，这个时候要我奔赴一个远在千里之外的经济政治类大学，用那里的学分来代替这一学期的课程，这确实让身边的家人、老师有些为我担忧。

在作出最后决定之前，我回答的最多的一个问题便是“你觉得你到那里能学到更多吗？”我也曾反复思考良久，事实上，我并不想用增长了多少理论知识来衡量这次经历带给我的收获。我最初的想法，就仅仅是想为我看似毫无波澜的前二十年的人生增加一段从未有过的体验，仅此而已。至于这次经历到底让我学到了什么，我一直认为，或许在我往后的人生里，又或许就在之后的某一瞬间，它会以意想不到的面目出现在我的生活里。

最终，我们放弃了种种似乎永远没有答案的考量，一行四人飞抵雅典，开始了为期一个学期的生活。

迷失（Lost）

不得不说，别具韵味的欧式建筑、热情浪漫的爱琴海让我们迅速忘记了来之前的种种顾虑，迅速沉浸在一种对未知的好奇与兴奋之中。一方水土一方人，或许是浪漫唯美的地中海景色造就了热情的希腊人民，他们感情热烈、爱憎分明，对于生活尤为热爱，也极为享受。

学习之余，我们也试着融入当地的生活氛围中，欢乐而惬意。

但令所有人都没想到的是，这样看似美好而梦幻的日子会回给我们迎头一棒，且措手不及。

因为刚出国门不久，我们一行人还保留着在国内的习惯，出门把现金护照都放在背包里，以备不时之需。然而在一次通往学校的地铁上，行程刚刚过半，同行的小伙伴忽然大叫称钱包不见了，随后就是一通慌乱的询问和翻找。混乱中，一个黑色的钱包掉在了地上，正是小伙伴丢失的那个，而从进站开始就一直站在我们身边的金发女人却紧紧盯着我们，似乎有些恼。我们几人互相交流了下眼神，变得更加谨慎，到达目的地后便匆匆赶往学校。但是刚刚身旁的那个金发女人却一直尾随着我们，试图再次下手。

金发女人的目的昭然若揭，其中一个性急的朋友对她大声警告着要 call the police（报警）。本以为她会狼狈逃走，却不想我们这句话仿佛激怒了她，让她更

典型希腊式建筑 / 毛萌萌　摄

夕阳下的雅典卫城

加明目张胆，嘴里不停地说着威胁的话，把我们步步紧逼至墙角。

女人凶狠的架势着实吓坏了我们所有人，虽然一番示威过后她独自离去，但我们迟迟都没有回过神来。惊魂未定中终于有人说了一声“我们走吧”，这才把我们几个从惊恐中拉了回来。

低气压的氛围一直持续了一整天。不知是不是因为吃了当地的食物有些水土不服，当天晚上一个小伙伴腹泻不止，身体上的不适又加上心理上刚刚受到冲击，想到自己还要在异国他乡生活好几个月，小伙伴不禁哭着说想要回家。

尽管来之前做足了各种心理预设，但是在这样的气氛下，我们用几个月时间筑起的心理防线瞬间被击垮。想要回家的念头从未如此强烈过。

然而逃避解决不了任何问题，我们还有必须完成的学业。虽然受惊不小，但是这次经历毕竟没有对我们任何人造成任何实质性伤害，随着时间的推移，我们也渐渐恢复了日常生活的状态。

那时候的我们哪里知道，在这漫长的异国生活中，我们需要面对的还远不止这些。

一个月后，我们迎来第一个小假期——春假。因为我们长期居留希腊，办理的是欧洲的申根签证，可以去欧洲所有的“申根”国家。我便和另一个小伙伴在春假期间相约去罗马，准备好好体验一下意大利的风土人情。出发当天，赶上了飞机延误，我们到达罗马当地时，已经比计划晚了好几个小时，由于行程紧凑，天黑之后我们才得以在罗马许愿池旁边的餐厅吃上一口晚饭。

然而，吃到一半，同行的伙伴要去洗手间，便把放着我们全部家当（护照、钱包和宾馆钥匙）的背包放在我的旁边，离开了座位。如今回想起来，当时独自坐在桌前的我已然成为“猎人”的目标。

就在她走了没多久，一群外国面孔的男人朝我走过来，个个高大威猛。正当我疑惑之时，他们其中一人俯下身，用我听不懂的语言仿佛在询问我些什么。在我明确表示我听不懂这种语言，询问可否请他用英语交流时，那个人却摇摇头走开了。突然的搭讪让我一头雾水，就在我还在反复思量刚才的对话时，他们一行

希腊古剧场

人已经走远，等我回过神来，同伴也已经回来了，但是我们原本放在座位上的背包已经不见了！

这个背包的消失，意味着我们身上全部的家当都被带走了，两人身边剩下的就只有一部已经没电了的手机，连回到住宿地方的路都找不到。我们下意识地在大街上寻找当地的警察，得到的却也是他们无能为力的回复。此时已经接近凌晨，我们看着白天那些恢弘壮丽的罗马建筑，此刻仿佛都化身成了狰狞的怪兽，在黑夜里吞噬着我们所有的希望。

异国他乡，无处可居，身无分文，我和同伴已经接近崩溃边缘。由于我们离景点比较近，抱着试试看的想法，我们返回许愿池旁试图寻找一些祖国的同胞取得帮助。在这样的境况下，看到一个家乡面孔已经是莫大的安慰了。一番周折后，我们终于找到一个在罗马生活的温州人，但是竟一时间不知道到底需要怎样的帮助，第一反应就是借了对方的手机，打给在国内的家人。就在电话接通的一瞬间，我们就只剩下号啕大哭，仿佛要把这一晚上所有的恐惧、所有的无助都借由泪水排出身体。但是远在千里之外的家人除了陪着我们着急，也做不了什么。出门在外，一切最终还是要靠自己。

有了同胞的帮助，我们拿着纸质地图，终于一点点找到了宾馆。由于宾馆老板也是一个同胞，出于同情，他免掉了我们丢失钥匙的赔偿。等安顿好了一切，躺在床上，不知到底是因为太累，还是想逃避眼前一团糟的境况，我们也没再交流，沉沉地睡去了。

然而只要睁开眼睛，还是要面对真实存在的种种问题。

第二天的天气很好，窗外的一切与往常一样明媚而充满生机，而我们却只觉得这阳光异常刺眼。现在我们唯一能做的就只有去中国在当地的大使馆，寻求祖国的帮助。

去大使馆的路途尤为漫长，但一切都抵不过见到使馆区内飘扬的五星红旗的一刹那——我们是真的有些情绪失控。就在那一刻，我终于理解了人们常说的那种对祖国强烈的归属感；也直到这一刻，我们才真正从昨天那种被全世界抛弃的感觉中脱离出来，像个委屈的孩子终于找到了家。

使馆的工作人员耐心听我们滔滔不绝地讲述着昨天发生的事情，语重心长地给我们讲解了在外一定要了解的一系列注意事项和安全须知。一番贴心的安慰过后，工作人员为我们开出了证明文件。有了前一晚在警察局开出的失窃证明和中国大使馆开出的身份证明，我们至少可以安全返回自己的长期居住地——雅典。

至于我们是如何回到在雅典的居所，我现在已经没有任何记忆了，只依稀记得进了住所倒头睡了好踏实、好长的一觉。时至今日，我仍然觉得这件事情非常魔幻，在我成长的二十多年的时间里，这绝对是一件突破我对自己的想象与认知的事情，我完全不能想象自己深更半夜在异国他乡身无分文的样子，也无法想象我竟然安然无恙地度过了那么绝望的几天。

重生（Rebirth）

春假回来后的第一堂课是东亚历史研究，这次课上，轮到我们小组负责讲述中国清朝末代皇帝溥仪的故事。早在放假之前我们就精心准备了演示文稿，由衷地想把自己国家厚重的历史好好地讲给当地的同学和老师们听。不出所料，报告很成功，我们在一片掌声中鞠躬致谢，走下讲台。

课间休息，几个陌生的同学特意跑过来拥抱了我们，对我们说："恭喜你们，你们的展示做得真不错。"这个拥抱那么炽烈，那么真诚而热情，让我们萌发了久违的感动。

没多久，母校的老师也知道了发生在罗马的事情，还特地打来电话询问我们的境况，着急地询问我手边的资金状况，说着就要转钱到我的账户里。一时间，我感觉到自己变成了一个被宠爱的孩子，被周边所有人的爱笼罩着，满满的幸福和温暖。

或许成长往往都是伴随着挫折而来的吧。一个简单的拥抱，一次来自远方的问候，却让我突然意识到，或许这才是生活本来的样子。之前揪心的遭遇是，如今的被爱、被认可也是。

从小生活生长在呵护里的我们第一次走出了自己的安全区，真实感受了这个多元的世界里还有我们不曾见过的另一面。而经历了无数个这辈子的第一次后，我们反而对生活里的美好感受得愈加强烈了。

这或许就是留学生活带给每个在海外的学子最真诚的礼物吧。很多人在准备奔赴海外前，都会知道要在物质上做好充足的准备，但是相比于此，更重要的是做好准备迎接另一种未曾经历过的生活，这种生活不是完美的，或许让你慌张，或许让你退缩，但却是最弥足珍贵的财富。所以，除了收拾好行囊，也请收拾好心情吧。做好迎接一切的思想准备，而后再踏上旅途。

虽然故事的开端是一地鸡毛，但是如今回想起来，我满心想着的却仍然是课后在雅典中心广场的那杯咖啡、在“天空之城”和一堆德国大叔看到的绝美落日以及圣托里尼那场被无数人祝福的浪漫求婚。

在一个平淡无奇的下午，面对我就希腊人民下午三点就结束工作在路边悠闲喝咖啡的惊讶，一个陌生的希腊小哥告诉我：But this is life（这才是生活）。

这句话我永远忘不了。或许如果当初没有作出留学海外的决定，我将永远无法想象地球的另一端会有这样一群人，他们在用自己的方式享受生活、敬畏生活。也永远无法想象，自己可以在经历了那么多生平第一次后，可以对生活如此热爱。

而对于那个被无数人提出的问题，我想，我也找到了自己的答案。

雅典机场的日出 / 毛萌萌　摄

与暴雪、孤独和学习的对抗

韩佳音
罗切斯特大学
University of Rochester

桃李春风一杯酒，江湖夜雨十年灯。

——题记

孤舟独钓寒江雪

暴雪，这是我对罗切斯特最深刻的印象。这座位于美加边境、安大略湖边上的城市，一年中有小半年大雪漫天，阴云密布。它曾经随着美国工业崛起，又随着柯达的破产和实业的衰落逐渐破败，带着一种微妙的蒸汽朋克气息。罗切斯特大学就坐落在这座城市的郊外，靠双脚无法到达任何超市餐厅便利店，打车需要打电话预约，进城的校车一小时一趟，可以说是一座学术孤岛。暴雪来临的时候，校车的窗户上都是厚重的雾气，车里热乎乎的，车外冷的彻骨，没人想在那样的寒风里走路，每辆回宿舍的校车都装得满当当的。惊人的是，本校无论下多大雪都绝不停课，因为校长说过，如果一下大雪我们就停课，那一个半学期都没法儿上课了。

这种环境，就会催生出一些特殊的战斗友谊，在图书馆里，看着窗外鹅毛大的雪花，吃着比萨烤鸡翅，聊着八卦，和同学一起通宵写作业，复习考试，也有一种奇妙的乐趣。没见过雪的南方同学，大一的时候看见大雪兴奋得不行，嗷嗷叫着跑出去玩雪。大家还拿着个塑料袋或者纸片儿当雪橇，从学校的后山上“出溜”下去，或者穿着简单的衣服，“扑哧”一声跳进雪堆里。当然，痛苦的生活细节更多一些。在美国生活过的人都懂，没车那真是不方便，在那里没有外卖可以将水果蔬菜零食即时送到门口，这让人深切地体会到“在家靠父母，出外靠有车的朋友”这句话的含义。但在罗切斯特有车又是另一回事儿了，当天气冷到路上的雪都不会化成泥水的时候，开车随时有可能变成漂移，转弯可能变成原地转圈。雪胎或者防滑链是必须，座椅加热那是必须中的必须。一到冬天，我就恳切地希望，要是有方向盘加热就好了，方向盘是真的冻手啊……

拉什 · 李斯图书馆 / 韩佳音　摄

在冬天，整个罗切斯特的色调都是很阴郁的，连带着人的心情也很悲伤沉闷。这种时候，我们繁重的课业还加剧了焦虑。心理学上，有一种病叫作季节性情感障碍，基本症状是人在长期见不到太阳的情况下，焦虑情绪会加重，治疗方法就是照射自然光。我觉得我们的很多同学，包括我，都很需要晒晒太阳。当时，我治愈自己的方法，就是在半夜离开图书馆之后，去逛超市。闻着超市里食物的气味，整个人都会感觉很安稳静心。当然我要强调一下，在同样的地方读书，每个人的感受都是不同的，有的人遇到今生挚友、此生挚爱，有的人觉得冬天里的“绿蚁新醅酒，红泥小火炉”别有诗意，只不过我并没有找到适合我全然融入的小团体，习惯独自去调整自己的情绪，这是很自然也正常的情况。当时我不习惯在寂寞焦躁的时候，向朋友寻求帮助，也没有人会时时刻刻在身边及时响应。所以我是与暴雪、孤独和学习对抗。这是属于我一个人的对抗。

其实罗切斯特的夏天是热烈又美丽的，换一句话说，就是冬天贼冷、夏天贼热。大一刚入学的新生，都强制住在校内的宿舍。8 月的罗切斯特，宿舍里没有空调，热得人要升华了。我的室友还特别恋家，趴在我对面的床上哭得死去活来。外面阳光明媚，天高气爽，草坪上有人在高高地荡秋千，过道里有人在放音乐，公用厨房里有人在做麻辣香锅，我的大学生活就这么开始了。

挑灯苦读夜无眠

大一大二的课程还是较为轻松的，比较困难的是全程听懂老师在说什么，因为我极易走神，错过几句后面就都听不懂了。幸好，我比较擅长写作业和考试，毕竟这是从小到大做的最熟练的事情，但还是会出现一些令人啼笑皆非的失误。最惨痛的一次，是有一个写作课的作业叫作“final draft”，当时刚上大一的我真的以为“draft”就是草稿，结果交了才发现那就是“final”要给成绩的版本。吓得我跟老师痛哭流涕，害怕自己第一学期就挂科。老师很淡定地安慰我说：没事的，会让我过这门课的。但是看见我成绩表上那个 C，我还是难过地暴哭了几十分钟，那心理阴影真是不亚于挂科。因为实在接受不了大一的成绩单上有个 C，我后来去教务处询问能否重修写作课，他们甚至为这件事儿开会讨论了一下，决定再给我一次机会。就这样我又上了一次写作课，最后的成绩还是B。令我悲伤的是，事实证明，在没有失误的情况下，我的写作还是稀烂。

老派的图书馆一角 / 韩佳音　摄

还有一次，我在final week（考前最后一周）连续熬夜，在最后的心理学期末考试前复习到了凌晨五点，本想睡两个小时去考试，等我醒来考试已经结束了？！神奇的是，我当时一点也不着急，检查了一下当时的成绩，我哪怕没法补考也能拿个B+，错过都错过了，能咋地。大二了，已经失去了保A–争A的雄心壮志，心里其实更想回国吃好吃的。不过心理系的老师真的都很温柔，给老师发了邮件，老师马上就回复确认了补考的时间。转天，来到老师的办公室，和我一起考试的竟然还有两个人，和我旁边的老哥尴尬对视了一下，当时就在想："这俩人……是不是……也睡过头了？"总之，deadline（截止日）就是生产力！ deadline就是生命啊！！

一般的美国本科，都会在大二结束的时候给学生一个重新选择专业的机会。罗切斯特大学是选专业自由度最高的学校之一，也就是说，想选哪个选哪个，没有任何门槛。我个人觉得选专业，一定要选择符合自己性格的方向，强行选看起来酷的，最后真的会学到想哭。我认识的朋友里，有不少因为我校的光学全美第一，而选择了光学专业的。看着他们比我计算机系的同学还稀少的头发，还乌黑的眼眶子，还低的GPA（绩点），我时常同情地倾听着他们悲情的学习段子和考

学校宿舍楼前的木桌 / 韩佳音　摄

试故事。其实对于学习成绩这个东西，比起每门课都要拿到A，不如给GPA设定一个大致目标，根据课程的难度动态地调整自己的学习方式，学得好的课保证拿到A, 其他的课做到一定程度的优秀即可，身体和精神健康还是比成绩重要得多的。顺势而行，依着自己的本性把自己的长处发挥到最大，亦不失为一个好方法。

我是完全的理科思维，所以选了数据科学，一门以逻辑、代码和数据为主的学科；同时我辅修了心理学，因为我仍对自己的喜怒哀乐感到好奇。心理学让我更明确地意识到："每个人的性格和观念都有其形成的理由，情绪很受周围的任何环境的影响。"对于自己时不时的悲伤和脆弱，我学会不去强烈地自责后要求自己坚强。我们的社会好像太喜欢稳定输出的生产力了，于是让我们脆弱不安和焦虑成了令人感到羞耻的表现。我记得一位教授说过，一个孩子受伤了，都知道给伤口消毒，贴上创可贴，但是我们的心受伤了，却没人教我们如何治愈自己。我想向每个人推荐，去学习基本的成长心理学、人格心理学和社会心理学，去了解自己的心是如何随着身体一起成长的，会更愉快地与自己和别人相处。

升入大三大四，不仅专业课难度陡升，要准备申请研究生的考试（GRE），准备申请材料，我还兼职助教和研究助理。当时，每天睡前都需要确认，我今天每一项工作都做到了百分之多少，明天要再完成多少。时不时要检查每节课的作业和考试的时间，生怕错过任何一个deadline。连忧郁的时间都没有，天天处于"这个做完了，下一个"的状态。稍有空闲的时候，我也会感叹"若无闲事挂心头，便是人间好时节"，时时惦记着要做的事情总是很累的。累极了我也会想，我到底为什么要这么活着呢？为什么不选择更轻松的环境，更简单的课，更容易的

穿上学士服毕业啦 / 韩佳音　摄

专业？为什么一定要做到某种程度我才能对自己满意？

曾在一本书里读到过，人在年轻的时候都要做出选择，是愉快玩乐还是勤奋刻苦，总要在这两个极端中，找到适合自己的平衡点。从小我就对“人为什么要努力”感到困惑。小的时候，未来这种东西没有直接糊在脸上，我感受不到生存的压力。努力学习的原因很傻，就是我无法接受比我笨的孩子学习比我好。之后对自己的要求，就变成了一种本能。我做什么都习惯性地至少要做到 80 分。如果努力过了做不到，那无话可说；我绝不接受自己因为没努力而做不到什么事情。这大概也是我极其努力的父母给我带来的影响。可我也非常贪玩，电视剧、综艺、动漫、小说、游戏、手工模型，只要有趣我都喜欢。两种极端的情绪经常在我的身体里相互碰撞、相互拉扯，我既好强又好玩，注意力容易偏移，于是只能拿开心的事情吊着自己：“考完这个考试就去看那部想看很久的小说”，满怀着对小说的期待走进考场。我笃信王阳明先生的“知行合一”，认为万事万为以心为先，只有带着明确坚定的信念，行为上才会毫无滞怠。可我本性又极其跳脱，完全做不到天天静心沉稳地做事情。最后我决定，但求问心无愧，对过去的自己不后悔即可。总之，比起脑力体力的拉锯战，不如说是逼自己赶紧学习快点做事的战斗。

生活上，我其实已经比较适应罗切斯特的冷了，反而开始不习惯热和夏天毒辣的阳光。我也喜欢时不时的，一个人开车去周围的公园和商场逛逛，去好吃的餐厅吃东西，去漂亮的咖啡店喝咖啡，随心而动。车带来的自由感给了我抵抗孤独的勇气。不过我平静的生活还是被，一只，准确地说是一对儿，神秘生物打破了。当时我正在床上坐着，一个黑影在地板上飞速蹿过，我吓傻了。听见了它叫的声音，我才反应过来是老鼠！！其实在我大一见到蟑螂的时候还是很淡定的，把它困在了一个袋子里丢出去，然后把屋子里所有食物都清空。但是，老鼠，真的，超级恐怖，你不知道它会不会蹿上你的床，它还有可能有传染病，而且它真的好大！我们当时靠老鼠夹，先抓住了一只跑进零食柜啃零食的老鼠。当我们正欢天喜地："终于抓到它了！"我们的学姐幽幽地说，"老鼠一般都是成对儿活动

罗切斯特天空一半阴翳一半晴 / 韩佳音　摄

的”。果不其然，转天我们在零食柜里又悲伤地发现了老鼠屎。又胆战心惊地过了几天，我们终于在冰箱后面抓住了第二只！谢谢老天，以后老鼠再也没有出现。真是个“生机勃勃”的学期。

18 岁独自奔赴异国他乡，这所学校确实给我带来了很多身体和精神上的磨砺。我的朋友、同学们和这所学校的教职人员也给予了我很多温暖的瞬间：大雪天的晚上来接机的你，和我聊 Wegmans（韦格曼斯超市）哪种柚子好吃的你，在我寂寞无聊的时候和我打电话的你，陪我去纽约的韩人街吃烤肉的你，在罗切斯特最后的夏天和我一起去唱片店的你们，每个人都对那个时候的我弥足珍贵。写作业写到半夜聊的情史八卦，凌晨 3 点有点神经质地停不下来的笑，在图书馆大家一起看的日出，都凝成了对这所学校的眷恋。临离开时，我在校园里最后逛了一圈，到处都空无一人，但我仿佛可以看到我匆匆走过赶着去上课的身影，瘫在沙发上补觉的身影，着急地找同学帮我修 bug 的身影。这地方本对我毫无意义，是过去的时光，人和记忆，让我带着略带暖色的滤镜，看到了景，即生情。

感觉本科已经很辛苦了，但是和研究生比那可真是小儿科。研究生最后一门课交完作业的那一刹那：“啊，我活下来了！”内心的狂喜，直冲天际。研究生阶段，不仅仅是课业量激增，当我们找暑期实习的时候，正撞上美国疫情暴发，很多人的面试被取消，offer（录取通知）被撤回，焦虑得人都要燃烧了。找全职的时候，很多公司都处于停止招聘的状态。尽管撞上了天灾人祸，依然要尽力而为。每天，睁眼就洗漱起床去图书馆，学习到午夜回家，如果有面试就要提前空出时间准备问题或准备笔试，一旦有空闲时间就在领英上投简历找内推，一切都紧凑到怀疑自己为什么要这么活着。令人欣喜的是，这样的日子终会过去。我只能说，焦虑的时候也不要停止行动，越是着急越要从各个方面做出努力。

我常怀忧虑，责怪自己的懒惰，担忧自己的未来，“生年不满百，常怀千岁忧”，但人生的乐趣就在于难以预测，你不知道下一个瞬间这个世界会碰撞出什么样的因果。虽然我依然紧张，依然担心害怕不好的未来，但我生活过的每个瞬间，都问心无愧，淋漓尽致。希望我和现在在读这篇文章的人，都能无忧无怖，勇敢前行，天涯路远，我们江湖再见。

我的俄罗斯留学序曲

吴荣微

俄罗斯人民友谊大学

People's Friendship University of Russia

眼里要有光，心中要有爱。

——题记

2018 年 8 月——决定

我的先生任职华为，2018 年 5 月起被公司外派到莫斯科工作。我们的儿子两岁半，因我无暇照顾而被父母带回福建老家。我，深圳一所特殊教育学校的普通教师兼班主任，每天服务于有着各种身心障碍的儿童。与最亲近家人的分离，又因为过往专业背景与特教不符，特校工作强度之大，多重压力之下的我身心俱疲。适逢暑假，我有精力思考如何重新调整自己以及整个小家庭的走向。最终，我做

在圣彼得堡夏宫 / 吴荣微

出了和儿子一起跟随先生到莫斯科生活几年的决定。我设想送儿子上幼儿园，我先上预科班学习俄语，然后在大学读个与特殊教育相关的专业，补齐自己在特教领域的理论基础，以便将来回国继续从事与特殊教育教学相关的工作。之所以很迅速地做出决定，除了来自内心与家人团聚的强烈愿望，更是受到一位至今我都未曾谋面的前辈的影响。他叫朴永馨，20 世纪 50 年代中期留学苏联，学成归国投身特殊教育，是我国特殊教育事业的拓荒者，被特教学术界尊称为中国特教第一人。2018 年暑假离职之际，恰好有同事临别赠予我一本书——《特殊教育和我：朴永馨口述史》，其中一章朴老详述了自己的留苏岁月。

正是受到朴老那段艰难奋斗、激情燃烧青春印记的影响，我对莫斯科，以及他曾经就读特殊教育专业的国立莫斯科列宁师范学院，即现在的莫斯科国立师范大学心生向往。经过两个多月的准备，2018 年 11 月我们一家三口终于在莫斯科得以团聚。随后，我按照预期开始在大学俄语预科班学习。

2019 年 9 月——调整

时光飞逝，转眼就是一年过去。2019 年 9 月，零起点学习俄语近十个月之后，我走进了莫斯科国立师范大学特殊教育系，参加了特殊教育专业硕士的入学考试。那天，我走过系里长长的走廊，看到那些富有年代感的教室桌椅，我的脑海像过电影似的，不由自主想起朴老书中所描述的当年和同学一起在这里刻苦学习的身影，心里油然而生一种超越时空传承的使命感。然而，遗憾的是，现实中，我并没能延续自己的想象——我的入学考试失败了。

虽然早有预期入系学习可能会不太顺利，毕竟憧憬只是憧憬，而我不仅有着难以逾越的语言障碍，还有着跨专业的鸿沟。但当真的得知成绩差几分时，内心还是不免失落。要知道，这一年来在异国他乡疲于应对学习和生活各种压力之下的我，在暑假回国时已被三甲医院诊断为中度焦虑症，须遵医嘱每日按时服用药物。如今又面临升学失利。我是该安心照顾家人、修养身心一段时间，还是该继续读一年预科，来年再考？又或是在莫斯科找一份中文教职？时隔一年之后，我好像再次回到了需要重新调整、重新选择的节点。彼时，经北京师范大学特教专

图拉茶炊博物馆 / 吴荣微　摄

俄罗斯国家图书馆阅览室 / 吴荣微　摄

业毕业的前同事牵线，我和朴教授通过微信联系已有数月。他得知我打算在莫斯科学习特殊教育专业，很开心，经常主动发消息关心我的学习情况，并常常为我解答一些专业上的困惑。

入学考试失利后，我和他聊了自己的情况和打算放弃的想法。他鼓励了我很多，其中一条信息极大地激发了我的斗志。这条信息我保留至今："你已克服了诸多困难，距离目标只有区区几分，舍弃有多可惜！再坚持一下不只是增加几分，更是人生中的一次大胜利、一次意志大提升。就像一位将军打仗一样！希望你能学习彭德怀、朱可夫等将军！这将有利于你的一生和工作！定下目标，千方百计一定达到！要有自信！愿与你继续讨论。"朴老的这番话让我深深感动。能够说出这番话的人，一定是他自己也经历过人生的起起落落、沉沉浮浮。我从他的话语中感受到了他对一个后辈在遇到人生挫折历练时的殷殷关切和期盼。他在担心我会就此放弃，意志消沉，他希望我可以勇敢面对人生的困境与难题。没有再犹豫，我重返预科班继续学习俄语，继续为升学做准备。

2020 年 8 月——出发

一个有着湛蓝天空、明媚阳光的上午，我在莫斯科租住的小房子里收到了确认获得俄罗斯政府奖学金公费攻读教育学博士的邮件。从 2020 年 3 月份开始在网站上提交申请，其间几次被北京俄罗斯文化中心老师友情提醒补充材料，与心仪大学的专业老师进行邮件、电话交流，历时 5 个月，在 9 月份开学前终于等来了这个让人心安的结果。得知结果后的我停下手中的家务活，走到窗边，静静地看着窗外云卷云舒，内心平静却思绪万千。我在内心感谢自己没有放弃，感谢自己再难都坚持求学，感谢自己勇敢与焦虑症做斗争。我在内心感恩所有帮助我、启发我的人。

青春年少时的我，虽然成绩优异，但囿于家庭经济条件和个人眼界，不论是本科还是硕士研究生阶段，几乎从未想过出国留学和自己有什么关联。更不曾想到年过三十，为人妻、为人母之后还会重返校园，开启留学生涯。或许这也是一种人生何处不相逢，只是这相逢的不仅是和天地、他人，更是和自己。俄语预科学习告一段落，我把这两年视为序曲。接下来将进入更具挑战的攀登旅程，可以预见的是必然困难重重，当然可以期待的是精彩纷呈也一定会并现。嗯，三十三而已，我准备好了，出发！

一部电影，一座城，一个叫巴塞罗那的地方

彭　鑫
巴塞罗那大学
University of Barcelona

改变看得见，每天进步一点点。

——题记

第一章　青春，蓦然回首

最近热播的电视剧《三十而已》，随着大结局的揭幕，三位女主角的命运走向逐渐清晰，其中王漫妮在历经了精致穷、高帅富之后，最终决定走出去看世界，这把我的思绪拉回到了两年前，不过我想说：王漫妮命不好，刚出国留学，新冠肺炎疫情就蔓延全球，多少有点讽刺。

我叫彭鑫，1988 年出生，2014 年结婚，未育，妥妥的 30+ 女性，相较王漫妮的境遇，虽然不如她高白美，甚至有点黑穷矮，但又怎样呢？幸运，可以眷顾任何一个敢想敢做的人。

作者个人照

是的，这就是我。一个没有念过高中的研究生。2019 年，19 岁的我从湖南一所普通护校大专毕业进入上海一家著名三甲医院实习到留院工作，在医院里认识了我以前的男朋友，现在的老公。或许，这就是我比王漫妮幸运的地方，早早就找到了自己的“真命天子”，虽然是个穷书生，但谁又能断定，穷书生不可以是“潜力股”呢？

2011 年，随着男朋友本科毕业，我义无反顾地跟随他从上海搬回了大连。同年，因为厌倦了医院的晚夜班，我找到了一份医疗器械销售的工作，好巧，一干也是七年，只不过王漫妮卖的是人体外在的“面子”，我卖的是人体内在的“里子”。

2014 年，男朋友考上了上海一所著名大学的研究生，在面临分隔两地的境遇之下，2014 年 2 月 14 日，我们结婚了。之后的三年里，在上海和大连之间，我为祖国的航空事业默默贡献着自己的一份微薄之力。尽管不在一个城市，虽然我是大专生，他是研究生，但爱情和婚姻，也不是学历和城市所能够定义的。三年之后，老公毕业荣归故里，当所有人认为我们终于可以踏实地过着幸福的小日子的时候，我悄悄拿到了去往巴塞罗那留学深造的签证。谁说剧本一定要按照“应该”进行？连编剧都可以随时更改剧本，为什么自己就不能撰写属于自己的剧本？

好在，我有善解人意的老公做我坚强的后盾，他说：“世界那么大，你应该去看看。”

巴塞罗那大学图书馆一角 / 彭鑫　摄

在半工半读，历经了为期四个月自学西班牙语且达到基础语言要求的前提下，2017 年 12 月，托着两个笨重的 28 寸行李箱、一个背包，我坐上了飞往巴塞罗那的航班。

那年，我 30 虚岁。

第二章　“小语种”——西班牙语

作为世界第三大语言（第一、第二分别为汉语和英语）、世界第二大通用语的西班牙语是名副其实的大语种，从长远角度看，西班牙语在中国还有很大使用市场，这也是我选择去西班牙留学的原因之一。再说，南欧国家的留学费用和日常开销是美英澳的一半，既可以学习一门新语言，又能够在经济相对宽松的环境下去学习，何乐而不为呢？毕竟 30 岁的年龄，又有了七年的工作经历之后，也深刻地明白赚钱的不容易。就这样，带着一份使命感，夹杂着一丝兴奋感，开始了我为期半年的西班牙语语言预科班课程的学习。

参加 10 公里城市马拉松 / 彭鑫

巴塞罗那和北京虽然只有短短 7 小时时差，但一切就好像坐上了哆啦 A 梦的时光机，瞬间回到了七年前，那种无忧无虑的年少时光，什么都不用想，只需要上课。原来，快乐可以这么容易，幸福可以这么简单。亦或许，这就是 30 岁时学习和 18 岁时学习的不同心境，以前总觉得学习好痛苦，一心想着赶紧毕业赚钱，现在只希望：时光啊！你是不是可以再慢一点？

用成年人的视角去观察周遭的一切，不管是生活环境，还是学习环境，或许都会更理智一些。从语言班的小班级到西班牙的大环境，我由衷地感觉到“抱团取暖”的盛行。虽然身处异国他乡，虽然时差有 7 小时，但好像，我们总不想脱离彼此，总喜欢去寻找自己的同类，同样的人群，同样的肤色，又或者，同样的老乡。我不排斥这样的团结，但处在这种“团结”的氛围中，我们却往往失去了唾手可得的可以体验不同文化、不同种族之间差异性的机会，也违背和忘记了留学的初衷。

留学，在我的固有概念里，应该是利用有限的时间和有限的金钱，尽可能地去“拿取”别人的优势资源，来弥补自己的空缺。当然，对于经济条件相对较好的家庭的孩子来说，或许，他们的时间成本和经济资源会更加丰厚一些。在这种情况之下，便出现了一种很普遍的现象：整个语言学校的几个班级几乎全部都是熟悉的面孔，不是说中国留学生多，而是学生的语言水平不足以上升到更高一个班次，导致大家都被“剩下”，形成一种“大团圆”的美好局面。甚至还有更诡异的现象，老师一脸懵懂地看着整个班级同学用汉语聊天，尴尬到怀疑自己是不是走错了教室。

“大家都这样，我就放心了！”学习水平平均化的结果，最终就会形成一种惰性思维，对应地，老师就会失去一部分的责任心，并且滋生出一种“随便教”的心态，这种随意是因为我们失去了竞争力。中国人最不缺的就是竞争力，尤以每年一次的高考为最佳体现，我们从小就是在一个充满竞争的环境中长大，真待有朝一日，去到一个截然不同的环境和国度，因为没有及时平衡和转化这种陌生感，便失去了主动出击的能力。很多时候，不是我们放弃了竞争力，而是因为内敛的性格，让我们需要更多的时间去融入，而往往，却时不我待。尤其语言方面，以汉语为代表的汉藏语系和以英语、西班牙语、法语、意大利语为主的印欧语系比起来，两者语言文字结构的巨大差异，会消耗我们更多的热情。但可喜的是，中国学生对于数字的敏感，却是天赋的。

第三章　生活，只需要一声“HOLA”

印象中和传媒里的西班牙有着很多的城市标签：足球、斗牛、美女、阳光、沙滩……但我唯独钟情那声 HOLA（西班牙语，意为你好）。无论是公共场所的服务人员，还是街头的行人，邻里间电梯里的匆匆会面，抑或席地而坐的陌生人，人和人之间的交集都可以从一句简简单单的 HOLA 开始。一个笑容，一声 HOLA，就像一条亲切的流水线作业，又好似每个人的必修课。

记得在一个冰激凌店，一位妈妈带着一个约 4 岁的小男孩，小男孩用充满欢喜的眼神看着橱窗里面的冰激凌开心地一个劲儿指着要这个、要那个。与小男孩的欣喜形成鲜明对比的是，妈妈并没有理会他的请求，而是颇为严肃地看着小男孩说：“首先你应该怎么说？”小孩子思考了几秒钟，随即抬起头对服务员说了声 HOLA，并伴随着一个微笑。

或许，这是一种深入血液的文化，也是这种文化延续和传承的方式。在留学

蒙锥克山上鸟瞰巴塞罗那海港 / 彭鑫　摄

的两年时间里，街头的流浪汉、不认识的邻居、售货店的服务员、邻街的小贩，不管多忙，HOLA 都是沟通的开始，而这种开始，很多时候并不是为了话题的继续，仅仅是拉近了人与人之间的距离。它就像南欧的阳光，总是能够照射到每一个角落，温暖人心。

巴塞罗那这座城市的肆意和慵懒，不同于巴黎的浪漫，有别于英国的绅士风度和德国的严谨精神，却更多了些触手可及和随遇而安。西班牙的街头文化是从一杯午后的啤酒或者咖啡开始的，你可以独自小酌，又可以邀朋友共聚畅饮，一杯酒，一杯咖啡，就是幸福的一天。一个人在午后可以坐在街头独自欣赏往来的形形色色，让皮肤细细感受伊比利亚半岛的阳光；而朋友相聚的午后，则是有说不完的千言万语。西班牙人喜欢说话，并且是大声地说话，这绝对是抵达西班牙后最令人诧异的感受，如果你问我什么事情能够让西班牙人抓狂，那便肯定是：沉默。

看那一排排整整齐齐的出租车罢工方阵，那错落有致的街头游行队伍，便是他们不愿意沉默的最有力回击！资本主义国家的游行和示威就好像一种生活常态，如果你来到巴塞罗那，大多数的时候，几乎每周都可以看到罢工游行的队伍，或许会让你徒增旅途的新鲜感。当然，很多时候，这也仅仅只是一个过场，图个热闹，当抵达游行终点，大家都会各自散去，各回各家，各找各妈。

西班牙人的生活过得有些得过且过的逸趣，委婉的说法叫知足，更给力的说法一个“懒”字足矣。但短暂的留学生活并没有给我过多享受慵懒的机会，随着语言预科班接近尾声，研究生的申请近在眼前。

第四章　谢谢你，巴塞罗那大学

经过半年的语言学习，我开始着手申请读研究生，因为想节省开支，所以没有选择中介办理，且中介都笃定我的初始学历根本无法申请到好的大学，那为什么要把命运交到别人的手里？

经过一步步的研究和询问，通过自己筛选大学和专业，最终我向西班牙的顶级学府巴塞罗那大学护理系提交了申请。在惴惴不安中等待了一个月之后，我收到了面试通知。很好，一只脚已经跨进了巴塞罗那大学的大门，剩下的，就只需要再努力一点点。于是，在面试前的日子里，收集面试问题，熟记问题答案就成为我生活的全部。毕竟，这是我们中国学生所擅长的，不是吗？我不觉得辛苦，真的，原来朝着有目标奋斗的日子，是甜的。

最终，生活给了我一颗糖，应该还是颗大白兔。都说机会是留给有准备的人的，这句话一点都没错，凭借着充分的准备工作，最终我收到了巴塞罗那大学的录取邮件。或许你会有疑惑，大专生为什么可以在西班牙直接申请读研究生，还是顶级学府。至于录取的标准，其中有语言的因素。首先，系主任会通过面试和语言能力来评判学生是否达到入学的资格；其次，会根据初始学历的专业课程去核定与研究生课程的匹配度；最后，也是最重要的一点：机会，需要自己去争取，而不是听信他人的规劝而退缩。诚然，上天好像格外眷顾我，当我去注册报到的那一天，系里秘书告知我说，因为我是亚洲学生，护理系很少有亚洲学生申请，所以，有特殊政策只需要缴纳一半的学费。原来，天上是真的会掉馅饼的。

赫罗纳 / 彭鑫　摄

国外大学的入学体制就像我们常听到的：录取容易，毕业难。我想，其中更多体现于授课形式的差异。在学习的一年多里，大部分的作业是通过小组协作共同完成的，汲取每位同学不同的观点、不同的意见，最终呈现出一篇多角度的作品，打开思考的维度，而不是单一定向；丰富多彩的内容，通过共同合作和分担，提高责任感，提早适应社会节奏，成为可以快速融入社会的一分子。总而言之，这种模式铸就了合作共赢的局面。

我不想过多地赘述学习的历程，但培养主动学习的能力是我留学这一年最大的感悟。在这里，我特别感谢我的老师和同学，他们给予了我最大的包容和鼓励。无数的拥抱和微笑，贯穿了我的整个留学生活。

是的，一年以后的今天，我如期收到了我的研究生毕业证书。我不知道是不是可以用如愿以偿来形容，但起码，这张证书，是这段间隔年（gap year）最好的见证。这年，我 30 岁。

第五章　午夜巴塞罗那，时差 7 小时

记得看《午夜巴塞罗那》这部电影的时候，我还在念初中，谁能想到在十多

年后的一天，自己可以亲自去感受这座魅人的城市，顾名思义，午夜的巴塞罗那，只是伫立在那里，就能被它散发着午夜最魅惑的一面所吸引。

你可以去海边的 Discoteca（歌舞厅）和朋友一起感受拉丁美洲热情似火的音乐和舞蹈，也可以晚上 11 点去餐馆品味最具伊比利亚特色的海鲜饭以及火腿，再配上一杯美酒，那就是舌尖上的西班牙标配。东西方的差异，除了文化上，时差或许也是最好的见证。当巴塞罗那拉开它最迷人的夜幕，北京正开启它一天充实的序幕。

当午夜散去，海边狂欢的压轴节目便是看一场最美的日出，消散了一晚的热情，在日出的那一刻，一切仿佛又开始归于平静，如此往复。

生活的真谛离不开柴米油盐酱醋茶，在语言预科班同学的耳濡目染下，我开始寻求生活上的经济来源。对的，你没有猜错，代购，作为中国留学生最具有优势的“职业”，我又怎么可能弃它于不顾。自然而然，我也成为一名商品的搬运工。因为有以前的工作圈，毕竟 30+ 的女性，经济相对来说还是独立的，客户受众群体具有一定的经济承受能力，所以每天忙碌学习之余，我就骑着巴塞罗那具有城市特色的小红色自行车奔波于这座城市的大街小巷，享受着天才设计师高迪独特的建筑视觉盛宴，往返于最繁华的格拉西亚（Gracia）奢侈品大街，吹着口哨，童年时期的《卖报歌》仿佛又在耳边回响：

啦啦啦！啦啦啦！
我是卖报的小行家，
不等天明去等派报，
一面走，一面叫，
今天的新闻真正好，
七个铜板就买两份报。

虽然只有七个铜板，但又怎么样呢？再微乎其微的收入，都可以成为我细细品味这座城市的基石，巴塞罗那，真的不“贵”。

第六章　两条平行线的相交

2019 年 12 月，我结束了在巴塞罗那的留学生活，回到了祖国的怀抱，回归了家庭。有时候，生活会跟你开一个小小的玩笑，兜兜转转地转圈圈，又回到了起点，只不过，这次换了个人物角色。

老公在我回国一个月后申请了去非洲维和，我们又开始了 7 小时时差的日子。是呀，每个人都是怀揣有梦想的呀！都可以在自己的角色里发光发热呀！所以，在相互谅解、相互支持的日子里，两条平行线也在努力慢慢相交。

生活，有时候做比想起来简单；才 30+ 而已，怕什么呢？

谨以此献给那些 30+ 想出去看看的人；

谨以此献给那些异地分居的恋人；

谨以此献给那些在和平年代奋不顾身的人。

未完待续……

“平安留学”小贴士

为人带物不可取，上当受骗犯法规。

交流沟通很重要，积极乐观防抑郁。

出行结伴好处多，独行夜行要谨慎。

思

以爱之名　两地思念

恰当的分开

胡小园

子女就读院校：华盛顿大学

University of Washington

对着追梦少年说：行胜于言；对着时间大声喊：我比昨天更进一步。

——题记

亲爱的女儿，你好！

有些事情确是在恰当的时候出现。今天我看到《世界知识画报》有一篇谈到英国博物馆的文章，“大厅惊艳的初见”，介绍美国著名玻璃艺术大师戴尔·奇胡利的杰作，枝形吊灯，从大堂的穹顶倾泻而下，美轮美奂的玻璃装置，等等。这么巧！西雅图的推荐景点就有一项参观奇胡利玻璃艺术馆，建议或夕阳西下，或夜晚去观赏。世界既大又小，几乎同一时间就浏览到了两册不同文字摘要介绍同一个地方，忽然间想到，奇胡利展览就在你所留学的太平洋西岸城市西雅图，奇

作者女儿在美国华盛顿大学校园

胡利真的美吗？

知识的多样性、城市的多元化、异国的新味餐饮、盛放的世界文化，还有互联网的即时性。寻常视频交流近在咫尺，佳节思念也化作键盘指间，夜空月亮共有一个，只是白天黑夜的时差距离，我在头天夜里望月，你在次日白天行走，昨夜的一轮明月转身化为穿过薄雾的晨光，照耀你鼓足的勇气，伴随你一路求学深造，拓展你的学习维度，拓深你的个人境界。我知道，我们机场临别时，有一句话始终是固定口中念叨的：要照顾好自己，健康平安，多多保重！还有一句好像是特励志的话：孩子，学以致用，你要做个对社会有用的人！

对自己，对家人有用，那个境界还不够，那还是“小我的”，还是浅显的功利追求，就好比拥有足够的财富，你得公益慈善，你得捐献出去，小富即安，也不仅仅是满足自己的一团和气，顺风顺水。也许你会说，我现在什么也没有，什么也不是，怎么做到对社会有用？对社会有用，不只是说如利国之大器，积极奉献有益于社会，它们存在于熙熙攘攘的人来人往之中。你得拥有一颗社会公民的心，拥有公共的社会道德意识，能感知世界的繁华和荒凉，体味世间的温暖和炎凉。你的心胸是“大我的”，做一个自律的人，做一个温和的人，你就有正义和勇

母女合影留念于美国华盛顿大学

气，坚持你的立场底线，你就有应对困难和寂寞的方法和乐观信心。你有“大我”的心志和胸怀，你会不同于其他人，迈出的步子是稳健的，眼中的喜悦是清澈的，内心的淡定是从容的。你将拥有一份责任道义，对自己、对他人，对天、对地、对社会负责，你会倾向于低碳环保，你会倾听轻说，你会遵守规则秩序，你会尊重劳动者，你会心存敬畏，你会向着蓝天白云，向着次第四季……友好地打招呼，你们都好吗？谢谢你们皆是这么美丽！你会懂得感谢，你会含情微笑，这是个友好的开始，先友好自己，友好自然会传递下去。当然，接纳和拒绝同样是我们的表达方式，你会说 YES，也敢于说 NO！不因过于善良，成了“嗯哈”点头的老好人；不因过于偏执，执拗于某个牛角尖、死胡同；不因过于清高，自束于一个人的封闭小巢。世界不因人多而丰富，但世界因有你而精彩！脚下的路，你得一个人走，一个人吃好、休息好、安排好，一个人学习、一个人娱乐！充实丰富自己的学习生活，做各项准备，甚至是苦中作乐。靠你了！没有谁负你欠你，有义务陪你走，父母虽然养育了你，但也无须你以后怎么去孝顺，父母只是完成他们承担养育孩子的本职，尽着自己的认知和情感教育你、感染你。

时光荏苒，飞马一跃，然后找个恰当的时机分开，分别！你长大了，可以独立担当了，我们不就是朱自清描写的渐行渐远的“背影”吗？

本来我早就跟你提过，要写一封信给你，学着电影或者小说里面的片段，装上信封，顺带夹上几张家庭合影照，用老土的方法塞进你的行李箱，告别时叮嘱你遇到了烦忧和疑惑时，适时打开，感受下浓浓的乡情和宽慰。到底是电影的镜头，现实没有这么美的画面，我们分别时我没有一行字、没有一封信给你，我只是在心里想到过，这你得原谅我，一直拖到现在，还是用电子邮件的形式，发到你的邮箱，收到没收到，你要告知我。

抱歉之余还是用时间来解释，时光荏苒，红了樱桃，绿了芭蕉，我作为妈妈，也是白了头发，耗了精力，折了体力，在你全力以赴做出国留学的冲刺准备中，我的劳作疲惫限制了更多方面的发挥和精力，包括写给所爱孩子的体恤话。中国人平时不善于表达情怀，我也不例外，虽是做了精心准备，最终还是只看着安检站口匆匆别离，关键是你在离开前还戏问我这事，“妈妈说写信给我的，写了吗？”真是惭愧极了。写信能找借口吗？ 时间就像海绵里的水，回想起来，分别伤也不是，笑也不是，只是希望你带足所有物品，顺利抵达目的地就好。

《天下妈妈都是一样的》，我很喜欢这首儿歌，唱出了我的心声，只希望看到你努力学习的样子，努力向上的精气神。不唯分数，爱可以超越很多，想必这回你收到我的歉意也只是习惯性地努努嘴，或是吐吐舌头，做个鬼脸，笑笑罢了，我们母女间没有那么多隔阂。

现在是中秋节的傍晚，我正播放着你出国前弹奏录下的古琴《四大景》，纯粹的音乐如高山流水倾泻，松下听琴任由指尖轻拨，琴音舒缓意长，绕过水流步入石桥，如林间山风拂过草木，琴曲凝神净心，或高或低，或清或冷，一曲过后，思念随琴声悠扬流淌，妈妈轻轻唤呼：“孩子，你还好吗？”

今天是传统节日，可你却没发来问候或视频，是不是处理学业的事情太忙了？是不是圆圆的月亮还没有准时来到你的窗前？生活仪式也是浸润了日常的行为举止，饮食起居联系着我们之间深深的关怀，表达我们跨国跨夜的中秋思念。微信这么发达，如此便捷，要为我所用啊！深深祝福你平安快乐！期待你的回复！

妈妈书

2018 年中秋夜

写给女儿卫冕的信
（节选）

卫庆国
子女就读院校：香港中文大学
The Chinese University of Hong Kong

邀千人之欢，不如释一人之怨；求百事之荣，不如免一事之辱。
——题记

女儿：

我和你妈在校园里看不到你，顶着烈日等了三个小时，知道你的活动很满，我们也不忍打扰，虽然有千般不舍、万般牵挂，可还是下山，踏上归途，可惜归途并不如虹。

北顾而南飞，用来形容你的境遇大致是不会错的，原来你的志向在秦岭、淮河以北，因为你心中的那一片未名湖。可是命运仅仅在短短一个月的时间内发生了巨变，人生拐角处，未来变得模糊，这是在家里聚会，你讲话时我潸然泪下的最重要原因。

南渡而北归，顶着瓢泼大雨，我和你妈顺着人潮，从落马洲回到福田口岸，从哈尔滨到香港，我们穿越大半个中国，把你一个人扔在几千里之外的城市，你独处于陌生的城市，而我俩孑然一身，心空空荡荡地飞回北方。虽向北飞，却频频南顾。因为牵挂和惦记从此就在南方。

作者个人照

直到我离开香港的时候，我确定你还处在对那所大学的新奇之中，可能在你的视野里看到的都是那所大学的好。因为一所学校，爱上一座城，这个例子是有的。

你就像父母亲手中放飞的风筝，浅翔低回，盘旋直上，越飞越远，直到从冰雪之地飞到香江之畔，飞舞于东方之珠的光华之下。

我和你妈在日渐寒冷的北方，每日盼着微信里你的消息，还在慢慢适应你上大学的必然经历。而你，我觉得你快乐得像一只老鼠了，我真的很惊叹于你的适应能力和速度，是源于你和这所大学天作之合？抑或是因为你来自北方可以和这所学校完美互补融合？香港的教育和文化就这样杳无踪迹、无声无息地融入了你的心灵？

可就是觉得总有什么话没有说尽，尽管你已经满了 18 周岁，已经独自上路，独自踏上你的大学旅程。

其实就在离开香港的那几天，我觉得作为一个长者，一个父亲，心里有很多话想和你说，却无法说得出。因为有些话，如果你不是亲身经历，也许你会反对或不赞同也说不定。

可是如果不说，别后经年，我苍老地坐在落日下，不知道会不会遗憾。当父母嘱托孩子的时候，天地都会变得温柔和透明。

一、爱自己

先爱自己，才能爱人。爱自己，第一当属爱惜自己的身体，尤其你是个女孩子，从小更是体弱，要学会照顾自己的饮食营养。身体发肤，受之父母。不能因为年轻而透支自己的健康，要知道所谓的美貌，没有了健康作为依托，最终就是海市蜃楼。所以你要利用好中文大学的体育和健身设施，让自己健康健美。身体健康的人，内心也会洒满阳光，更会为你追逐自己的幸福人生奠定一个最为坚实的基础。第二要细心谨慎。生活中可以大气，但是不可以鲁莽。大气可以让你的人生格局提升；可是鲁莽，会让你遭受无妄之灾。我曾经看到有的人鲁莽粗心，长发被地铁门夹住，差点失去生命；有的人乘滚梯，鞋带被缠住，终身致残甚至失去生命。谨慎和细心会让你安全，会更少地受到自然环境的伤害，这也是我不厌其烦地嘱咐你香港地铁空隙过大，不能低头玩手机等的原因。第三是警惕性。姑娘，害人之心不可有，防人之心不可无。不要轻信人言，这是你走上社会的一门必修课，要学会倾听和观察。人无千日好，花无百日红。《菜根谭》里说不尽的人生智慧，姑且信之，姑妄听之，至少不会受伤，不会有无妄之灾。第四是在此刻，过好当下。我最近看北岛的文章，他说 THE MOMENT，就是此刻，当下，最美的时光就是当下。你的第二步路程，要详细规划。不谋万世者不足谋一时，不谋全局者不足谋一域。你要未雨绸缪，不求人生繁华，但求人生无忧，不求人生开挂，但求不会遗憾。

二、爱生活

爱生活现在就是爱大学，目前可以确定的是，你将要在这所学校度过四年时

香港的夜景

光。幸运的是，你不必慢慢喜欢，你好像已彻底沦陷，我也不知道这个大学哪里就这么好。但是你要记住爱生活，就是爱你的大学，爱你学习的每一门课程。因为你的大学就是你的生活。

第一，结识更多优秀的人、人品好的人。《大染坊》里有一句台词，卢家驹说人生就是遇见高人，有高人指点和提携，往往事半功倍。卢家驹遇见了陈寿亭，从此一生衣食无忧，终成传奇。而娜塔莉 13 岁主演了《这个杀手不太冷》（建议有空看看），在 30 岁时凭借电影《黑天鹅》获得了奥斯卡金像奖，她在哈佛大学演讲的时候说了一句话：Grab the good people around you，do not let them go（抓住你身边优秀人，不要让他们离开）。可见中西方文化的奇妙融合之处。与优秀的人为伍，不是我们势利，而是你有机会汲取他们身上的能量，被他们的思想所启发。如果你处于困境，优秀的人，一语可以惊醒梦中的你。在龙之畔，亦能腾四海；在鳅之沟，或可陷污泥。这是我 47 年的人生得出的经验。

第二，学本事。姑娘，你知道我现在有时候特别遗憾，遗憾我在大学的时候，没有静下心来学得一技之长，我说的是精通一门技能。老人也说过，有一门精通的技能，永远都饿不死。我上班的时候，工资是你大姑的 6 倍，现在呢，你大姑工资比我高；等到退休了，会有很多人请她，月薪上万，而我退休了，那就真是退休了，没人要了。

女儿游览孙中山纪念馆 / 卫庆国　摄

精通一门学问，有真本事，就不需要看人脸色，仰人鼻息，可以凭本事吃饭。如果有的环境待着难受，就可以随便换。像我三叔，他当年研究生毕业，分配到牡丹江烟草，待遇很好，但自己不爽，后来考上东北林大博士，去牡丹江师范学院当教授了，自己活得开心了。远有诗仙李白、词圣苏东坡、画圣吴道子、剑圣公孙大娘、医圣孙思邈，一招鲜，吃遍天，可以四海横行。我觉得精通一门或几门技艺，可以成倍地增加魅力，比如现在就有人称你为“卫冕小才女”。文才也是才气的一种，你看爸爸因为会写点东西，而被一些人重视和尊重。根据你现在所处的环境，那说说我的建议：你要充分利用香港中文大学的资源，把英语学好，雅思尽量拿个好成绩，尤其是听说能力。我就是岁数大了，但是如果你将来出国，爸爸现在就开始学英语，我好和你去看世界，嘿嘿。我觉得掌握英语的意义极其重大。你想想你姥爷去澳大利亚最大的障碍是什么？无论看什么也都是雾里看花。因为我自己深有体会，送你去香港之后，坐香港的公交，我就听他们说话，有说英语的，有说粤语的，我听得脑瓜子嗡嗡的，不知所云，不但无法和他们交流，更无法知道他们说什么、想什么，我对香港的文化就缺少了直接的体验。如果你精通一门语言，你就推开了世界的大门，连上了通往世界的 WIFI。你可以零距离、无差别地认识这个世界，与人交流，体会任何一个国家的文化，这是一件受益终身的技艺。你生命的天空会变得辽阔数百倍、千倍，就像许巍的歌词：“你的天空从此清澈高远……”我毫不夸张。如果你要觉得英语学起来枯燥，请看下面老爸的例子：我有个同事，没事让我练习键盘盲打，我原来很抵触，觉得特别枯燥，没有技术含量，可是他每天看着我练习。两个月后，我终于十指神功略有所成，我发现再用电脑，效率提高了数倍，我至今已受益二十多年。我的那位至交，自学电脑编程，已经离开呼兰去了远方，想起来唏嘘不已。还有那个著名的“万小时定律”——学习任何一门学问和技艺，都要达到并超过一万个小时，才能达到掌握甚至精通的程度。凡是学问如果唾手可得，别人同样会毫不费力，手到擒来。

第三，专业问题。这个说说我的想法，你一定要把自己的兴趣和未来的职业结合起来。你的专业你做主。但是你要通盘考虑。昨晚在你姥爷家住，你姥爷挺关注你的专业选择问题，说你有可能选择传媒。我希望你对你的专业选择要慎重，兴趣第一，最好将兴趣与以后深造的空间和职业发展前景相结合，毕竟你学了一个专业，希望有个广阔的舞台施展一下，有足够自由的氛围发挥你的学业专长。

第四，该拿的证书。这个我不太懂，但是我知道我同事的外甥在浙江大学申请了伯克利分校的金融工程专业，然后他就考 CFA（国际金融分析师）。我看了那个证，超级难考。凭这个证，很多省市都可以给他房子和安家费，当引进人才对待。往近了说，我有个同学的孩子马上要大学毕业了，哈尔滨银行公开招聘，需要英语四级证，结果这孩子没有证，根本报不上名，遗憾地失去了一次机会。我不太清楚香港中文大学是不是有什么需要考的证，如果有，女儿你不要错过，任何证书都是有用的，有备无患。

总之，爱生活，当下就是爱你的大学。四年的时光，你要有所收获，学到本事，拓宽视野，提升格局，充分利用好香港中文大学的教育资源，你就没有白到香港去，我和你妈妈也没有白白忍受思念和惦记（如果你在北京，我们可以经常去，而且我要好的同学在北京，心里会踏实很多）。虽然相比内地，你承受了更多的孤独和孤单。但我一直坚定地认为，咱们当初选择香港中文大学是最明智、最正确的。

三、爱世界

女儿，人生是一张单程票，到了终点我们就回不来了，我们的生命终会结束。

我最大的遗憾就是当初回到呼兰工作。我就像一个井底的青蛙，本来已经爬到井沿了，结果又回到井底。更像温水里的青蛙，每天被环境同化和影响，逐渐失去生活的热情和活力（我唯一保持的习惯就是看书，所以我今天才能唠唠叨叨，写这么长的东西给你看）。我不希望你过上我这种一眼可以看到头的生活，生活的魅力不就是通过你的努力，有无限的遐想和无限的可能吗？世界这么大，你可以去看看……

眼界：通过游学，甚至是旅行，去拓展你的眼界格局。你去菲律宾潜水，我是非常支持的，看到你在水底的画面，我知道你亲身经历和克服了一些什么！还记得，当年考上大学，我在寝室说，呼兰中心市场如何之大，室友都嘲笑我，周末，室友领我去了一趟哈一百、透笼街，我才知道，贫穷与落后限制了我的想象力。当时那真是尴尬和震撼啊。所以说读万卷书，更要行万里路。这也是我极力支持你去香港的原因，去看世界之大，去看无奇不有。

执着：人生总是要有所追求的，人如果没有梦想，和咸鱼有什么分别。你曾经为了北大而努力过。虽然和北大擦肩而过，但是你也没有遗憾。为了自己的目标去努力，虽然辛苦，可一定会有成就感和幸福感。

格局：性格决定命运，气度影响格局。女儿，我觉得你总体是很理性的，有时候会比较敏感，有时候会偏悲观，总是放大那很小概率才会出现的结果，我相信你知道自己的弱点在哪里，要知道人的性格是可以不断完善的。你看过的《明朝那些事儿》里，王阳明就是个典型的例子，从年轻、放浪、不靠谱，到最后龙场悟道，卓然成家，他经历了自己性格的逐步完善。没有人生下来就是完美的，正因为你的不完美，你要接受教育，要认知这个世界，要不断地完善自己，雕琢自己的品性、心性，让自己的格局慢慢变大，那就是你独一无二的人生。

恋爱：这是个不可不说的话题，很多孩子高中就开始尝试恋情了，你是比较理性的孩子，一直没有打开感情的闸门，我对你很放心。对于恋爱能给你的建议就是：要慎重而深思熟虑。如果只是为了解决暂时的孤单去谈恋爱，那么毕业后各奔东西，将会留下一片残缺，我觉得你就没必要去恋爱。如果你恋爱了，就要志同道合，彼此包容，并逐步完善自己，因为爱情，可以让人变得更优秀。真爱的指引，就是要一生相伴，长相厮守。要找一个宽厚的肩膀、一个能包容你的男生。至少要考虑将来在一起有多大的可能性。要为自己的爱去拼搏和奋斗，通过自己的才智和努力，让两个人的未来无限美好。这才是爱的真谛。

“渭北春天树，江东日暮云”，本来是杜甫倾诉对李白的思念，可我读到这两句诗：你对着渭北春日的树木，而另一个人在江东远望那日暮彩云。天各一方，各自思念，像极了一对有爱的男女。我特别祝福我的女儿早日找到那个属于卫冕的白衣卿相，春树暮云。

自从你上了大学，爸爸真的觉得自己老了，老了的特点就是唠唠叨叨，内心苍老。我想起了《大话西游》里把妖精磨叽到上吊自杀的唐僧。

我是唐僧，你不是妖精，你是安全的。

陈寅恪的那首《忆故居》，其中的两句，非常符合我的心境：

渺渺钟声出远方，依依林影万鸦藏。
一生负气成今日，四海无人对夕阳。

（我准备把这篇文章高价卖给今年高考生的家长，女儿你看值几两银子？嘿嘿。）

卫老爹

2019 年 5 月 26 日于哈尔滨中央大街

扫码观看精彩朗诵片段

朗读者：纪萌

6 小时

赵 慧

子女就读院校：马德里自治大学

Autonomous University of Madrid

世界很大，我们需要一点点勇气，别害怕！

——题记

去瑞士回来的路上，在女儿的带领下，我在机场的免税店买了一块表。手表是精钢材质金属蓝的镜面，在满墙的陈列品中，我几乎一眼就选中了它。精钢的低调与工业蓝的朴素结合显得精致而不张扬，对于我有着致命的诱惑。这种极简的风格，让我着迷。除此之外，我很需要一块表，我需要游丝摆动给我一个提示，告诉我现在的时间。经验老到的售货员很快就判断出我的来处，体贴地帮我调整到北京时间，“No，No……”我伸手阻止，“不要拨，不要拨它！”售货员微微一愣，也不多说，很快包好了表。

我会让手表的时间比我所在地晚 6 小时。我回头看女儿，她的脸转向别处。没有人知道我的时间为什么会晚 6 小时，但她知道，有许多事，我和她之间，我不说，她也懂。

周围有许多对腕表感兴趣的人，他们喋喋不休，端详，忖度着口袋里的金钱价值与手表价格的关系。他们中很少有人和我一样需要一个时间提示，他们需要一块表，更多或许是一份感情，一个身份，一个念想……如今就一般人而言，仿佛都不太需要手表提示时间，人们获取时间信息的途径太多，手表也早已不是单纯意义上的时间载体，对于我更多的确是时间上的提醒。我需要这擒纵机构告诉我，现在的欧洲时间比我所在地的时间晚6小时，当我想给女儿打电话的时候，她很可能在睡觉。

作者女儿赴西班牙做交换生 / 赵慧 摄

那年女儿去西班牙做交换生。

夜里梦见女儿，在梦里我牵着她的手，一起散步，她的手小而柔软，有一点浅浅的汗意……早上醒来呆坐在凉台上，等着冬天的阳光照过来，想起她在家时我们一起坐在没有温度的冬阳里，讨论“身是菩提树，心如明镜台”和“菩提本无树，明镜亦非台”谁的境界更高的场景，身体不知道是哪里有了酸痛的感觉，我想她！我打开手机想看看她的状况，恰巧微信推送消息，正好是女儿发了新的状态……只是一闪这条信息又删除了，我有瞬间的窒息。她想家时，我也正想念她，这就是所谓的母子连心吧。我拨了她的电话，她有点兴奋，但她的忧伤通过电话线，流沙一般一点一点慢慢地侵蚀着我，然后淹没了我，我在流沙中感到无助。“妈妈，我昨天晚上梦到了你……”她的哽咽来到了我的喉头。“我也是。”我想这样表达，然而我不敢，我怕加重她的忧伤。我们就这样沉默着，直到冬天的阳光来到我的凉台。我偷看腕表，计算地球另一边的时间，她那里已快凌晨1点。“去睡吧，已经好晚了！明天还要上课呢。”“嗯……”“喔，想家时，就给我打电

夏天，我和女儿时间相差 6 小时 / 赵慧　摄

话吧，我一般都在的……”“好的，有时我想你可能已经睡了。”“不用顾虑的。”有一声压抑的叹息，很轻，很远，过了许久电话那头才有“叮”的一声，电话挂掉了……

夏天，因为欧洲实行夏时制，我和女儿的时间相差着 6 小时，冬天还会更长一些。我会因为不安而不顾时间地把电话打给她，她也会因为思念在午夜叨扰我。渐渐地，我们都接受了现实，也渐渐趋于理性。女儿大学毕业后去读硕读博，依旧和我有 6 小时的时差，我们就像两块腕表，永远都有自己的运行机制，不同的时区，不同的轨迹，不同的空间。我仍会因为忽然读到一个美丽的句子，或者看到一个负面新闻忘记她的时间，拨通她的电话，她却很少在半夜叨扰我了，她知道我有偏头痛的毛病，常因为休息不好而发作。

母亲的家和我在同一小区，相距不过几百米，每天晚饭后去她家，已是多年的习惯。母亲还没有老到需要我照顾的地步，我有时去时母亲已经躺下休息，很多次我都以为母亲根本不知道我去看过她。可如果某一天因为出差没有去看她，她就会差保姆来问我，她的不安每次都会准确无误地传递给我。待到我出差回来再去看她时，她把一大盒卤鸡蛋和鸡翅膀交到我的手上，她一直认为出差很辛苦，必定吃不到我最爱的卤蛋。

“我做的，拿回去吃。”

“好的，谢谢妈妈！”

“吃不完要放冰箱哟。”

“我知道。”

“不知道咸淡合不合适？”

“都吃了几十年了有什么不合适的，肯定好吃。”

“是呀，几十年一定都吃腻了吧？”

“怎么会腻？我好喜欢这个味道！”

我打开饭盒，满盒乌溜溜的卤蛋散发着迷人香气，那是我家老卤的味道！母亲一副很满足的样子，转头看她的京剧频道，电视声音开得好大！唱的都是一些忠肝义胆、英雄豪杰的故事，母亲从来都不会听腻！回家的路上，我把一盒圆黑的卤蛋紧紧地抱在胸前。

坐在午夜的凉台上，黄昏的丰盈和子夜的通透同样感性。母亲已经入睡，偷看腕表，女儿那边是下午 6 点钟，应该在回家的路上。我轻轻地嗅着手指，上面还留着卤蛋的香气。头上的风铃在萧萧发声，那是女儿从阿尔卑斯山带回来的牛铃……

拂过初秋的风

佟玉彦

子女就读院校：查特德主教高中

Bishop Chatard High School

苦尽甘来那一天，山河星月都做贺礼。

——题记

那一年姥姥给你买了一件格子衬衫配针织马甲，

你看着镜子里的自己笑着说："好像外国留学生。"

有一天你指着地图问我："妈妈，世界上有这么多国家，他们跟我们的生活一样吗？"

我笑着摸摸你的头："等你长大了自己去看看吧。"

终于有一天，你独自一个人远涉重洋去了另一个陌生的国家求学，

那一年你 15 岁，

那一年我变成了空巢"老人"。

和儿子在一起 / 佟玉彦

送走你后独自回家的路上，
这个熟悉的城市空空荡荡，
风拂过初秋的夜晚，没了往日的温馨。
从此，
我的四季只剩夏秋，
没有冬春。
第一次周末视频，你说一切都好让我放心，
你跟我讲新学校、新老师、新住家……抑制不住的兴奋。
我也絮絮叨叨说个不停，
反复叮嘱注意安全，努力学习，友善热情。
挂断视频，又是一阵情思翻涌，泪眼蒙眬。

查特德主教高中 / 佟玉彦　摄

第一学年考试结束，你的情绪明显低落，

你说那感觉像在泳池中间游泳，你奋力划水却还在水中心。

我劝你别着急，

小树苗移植到另一种土壤，总得给它时间适应。

只要树苗一直在努力扎根，

奋力成长，总会春暖花开绿树成荫。

你红着眼睛说下次一定能行。

聊天的时间短了，

沟通的次数少了，

遇到问题你只能独自去跟老师沟通，

你说昨夜又写作业到凌晨，

你也吐槽老师教的和考的简直齿不对唇。

你说你参加了很多学校的俱乐部，昨天的戏剧社表演真的很走心。

你开始对事情发表自己独特的见解，因为批判式思维是教育的核心。

我欣慰地默默听你滔滔不绝的讲述，

当地教区总教堂 / 佟玉彦　摄

你自己可能没发觉，
你已经不是独自在泳池中心游泳的无助小孩。
你这棵小树，根已经扎得越来越深。
不知不觉 15 岁独自出门的小孩已经长大，
你还是那个喜欢抱妈妈的孩子，
你也是独自在海外度过三年时光的大男孩。
那些快乐、成绩、荣誉你会兴奋地跟家人分享，
那些困难、心酸、无助你都选择了默默一个人扛。
你踏实而坚定地前行，
洒落的汗水和泪水留下一路无悔光阴。
你说你以后一定会回到祖国，
祖国的快速发展需要你们，
祖国的繁荣富强需要你们，
因为祖国是你另一个慈祥又伟大的母亲，
因为中华儿女怀着殷殷赤子情，拳拳报国心。

再一次送你踏上征程，
仍然是金秋八月的天空，
风如三年前一样拂过初秋的夜晚，
你走后城市依旧空荡，
但妈妈心里某个位置，
充满着温暖和力量，
充满着爱和温情……

“平安留学”小贴士

生命可贵最重要，生存技能多掌握。
交通安全尤重要，规则习惯别忘掉。
医疗保险不能少，小投入有大回报。

扫码观看精彩朗诵片段

朗读者：王向群

风味留学记：味道与回忆

郭齐悦

南安普顿大学

University of Southampton

在我看来，相比于难以启齿的“我爱你”，一句饱含质朴感情的“我想你”才更适合用来表达中式的“I love you”吧？

——题记

仔细想来，记忆似乎总是与风味挂钩：清爽宜人的柑橘香能让人回忆起冬日里温暖的阳光；炎炎夏日回忆里堆满的是脆爽的西瓜味道；与三五好友一同压马路的青春岁月里充斥着冰淇淋的香甜；电影院里浪漫的恋人间环绕的是爆米花的黄油焦香……

留学生活也是一样，除去英伦小巷的雅致与从容，油盐酱醋茶间的热闹与喧哗才是属于海外游子心中一片真正静谧的净土。几乎每一个留学生都曾游走在从

在海菲尔德校区前 / 郭齐悦

厨房小白进阶到“新东方大厨”的道路上，尽管笨拙，但我们都曾努力用自己的双手探寻记忆中的味道。毕竟，在著名的“大不会吃王国”，稀奇古怪的英式菜肴与价格高昂的中餐厅夹缝中生存的我们，还是希望照顾好自己的“中国胃”。

天南地北的佳肴交响曲

逢年过节，我们总会三五好友聚在一起，每人制作一道擅长的家乡菜共同组成一桌丰盛的宴席。留学生之间的友谊有的时候来得不可思议，一起跨年迎新的小伙伴可能就只是一面之缘，但是能让我们聚集在一起并其乐融融，初次见面也不会觉得陌生的重要催化剂就是熟悉的中式菜肴。来自南方的小伙伴通常擅长各式精美的风味小菜，我们北方的孩子呢，则是对面食情有独钟。

每每遇到传统节日，我们都会以此为“借口”聚餐。每次最令人难忘的并不是平淡无奇的食物味道，而是当时大家聚在一起做饭的过程：时而笑料不断，还未清洗的食材带着几颗“原生态”的春泥就被拿到案板上开切，一边刷着手机上的教程一边手忙脚乱地在厨房奔走，刀工很烂还偏要摆出大厨的姿态，一顿乱切之后食材“跳”得到处都是；时而惊险刺激，对着未知的海鲜做一番仔细研究、拿着案板和锅铲躲避迎面崩来的热油、还要时刻小心——宜家的刀真的很锋利。

尽管每次成品总体来讲差强人意，但总归是熟了而且能吃的。那些平淡无奇的小时光，经过岁月的沉淀，终究会变得令人难忘起来。

韭菜的味道是乡愁

前两天英国政府为了帮助餐饮业从疫情寒冬中恢复往日生机，特别颁布了周一至周三堂食半价的福利政策，我和朋友们当然不会错过这个“薅羊毛”的好机会，又一次来到当地很有名的一家广式餐厅吃早茶。没承想，一道韭菜三鲜馅的水晶小包子竟吃得我几乎热泪盈眶，这一种热烈而霸道的风味居然激荡起一丝心

哈特利图书馆 / 郭齐悦　摄

底深处的乡愁。

饺子，在中国人的饮食文化中举足轻重。尤其对于偏爱面食的北方人来说，更是有“上车饺子下车面”的传统习俗。其中，由猪肉、韭菜、虾仁组成的传统三鲜馅饺子人气最高也最为经典，韭菜独特的味道总会为三鲜饺子注入灵魂，看似特立独行，实际上却是相得益彰。

今年，这一场席卷全球的新冠疫情带来的不仅是漫长的居家隔离，还有无奈的提前离别。和小 P 同学的相识相知，就像是命运安排一样充满戏剧感。不需要提前通知，我们也总能在电梯里相遇，尽管专业不同却总能一起参加校园里的各种活动，就是因为偶遇，我们才知道是彼此的邻居，夜幕降临时，结伴回家的路变得不再孤单。在她回国之前的最后一天，我们又一起包了一次饺子，就当作送给她的回国礼物。那一天，在我的公寓里席地而坐的北方姑娘们，“饺子就酒”间吃出了豪气干云的气势，欢笑挂在脸上，不舍留在心里——那一天，让我想起了即将踏上异国旅程的自己，在家里，那一餐热气腾腾的水饺出自爸爸妈妈的手……

离别的味道是……

一年的时间如白驹过隙匆匆掠过，初来英国时的场景至今仍历历在目：第一次乘那么久的飞机，孤身一人来到遥远国度，连倒时差都不懂，每天凌晨四五点就起床不知道困，还傻傻地暗喜以为自己突然变得自律；从来没有来过英语国家，硬着头皮开始使用英语，逛超市会用很长时间——一半时间都用来查单词，纠结买的东西到底对不对；刚搬来的公寓里什么都没有，从宜家买了 68 英镑生活用品，一手扛着麻袋，一手翻看着谷歌地图却找不到路，累到绝望；遇见一两个中国同学就急切地想跟人家交朋友，害怕住在单人间公寓会憋成自闭小孩的孤单……

直到后来，遇见我的那一群可爱的朋友，那些仅仅认识不到半年就很熟悉的朋友。我开始慢慢爱上这座城市，开始慢慢享受我的留学时光，不再恐惧用英语跟别人交流，发现这个古老的“日不落帝国”并不是完美的、一切井井有条的，她可以是步履缓慢的，甚至可以是稀里糊涂的。

我们一起做饭，一起旅游，一起过年，一起奔走在南安普顿的大街小巷，见到了许许多多我从不曾见过的风景，尝试了我从不曾做过的事情。原来大家一起做饭可以那么开心，原来大家一起聊天可以有那么多趣味，原来，时间真的可以过得那么快……

离别的味道是怎样的？就像老房子里潮湿的木头，也许散发着大雨过后青草与泥土的芳香，也许带有些许朦胧的苦涩，又或者像是夹杂着大海味道的风。

留学这一年，经历了南安普顿的春夏秋冬，有欢笑，有泪水。记忆里的风味是日常的也是难忘的，就如芥川龙之介所说：“为使人生幸福，必须热爱日常琐事。”

南安普顿市中心 / 郭齐悦　摄

再识母亲

屈家华
美国国立卫生研究院衰老研究所
National Institute on Aging, National Institutes of Health

一切皆有可能。

——题记

在海外，
朋友常问我，
你母亲是怎样的？
我有两位母亲：
一位称作妈妈，一位称作祖国；
她们都在中国。

当我身在中国，未能识得她们美丽；
如今漂洋过海，重新认识她们模样。
原来她们很像，一样在我心上；
时间越久，记忆越长。
再识母亲，她们是永远慈爱的。
妈妈总说家里都好，你要好好照顾自己；
祖国资助海外学习，欢迎学成回归怀抱。
再识母亲，她们是永远年轻的。
妈妈老年大学，活到老，学到老，争当学习标兵；
祖国改革开放，从之善，改之弊，引领时代风潮。
再识母亲，她们是永远美丽的。
妈妈站在广场舞台，衣袖翻飞展现自信风采；
祖国走上世界舞台，“一带一路”牵起世界的手。
再识母亲，不是漂洋过海，距离生美，
是曾身在庐山，不识真颜。
再识母亲，
在国内，我曾经抱怨千句万句，
出国后，绝不许别人冒犯一句。
在海外，
新朋友问我，
你母亲是怎样的？
我有两位母亲：
一位称作妈妈，一位称作祖国；
她们都在中国。
我的母亲，
永远慈爱，
永远年轻，

永远美丽。

我的母亲，

永远是我坚强的后盾，

永远是我温暖的港湾。

马里兰州巴尔的摩内港 / 屈家华　摄

跨越思念，缓述成长

朱紫兰

宾夕法尼亚大学

University of Pennsylvania

生活中有总有那么一些巧合，会让你顿悟，然后在未来的很多年，感谢当时努力成长的自己。

——题记

父亲母亲在上：

还有两个月就要毕业了，照旧奉上阶段性总结。

很快要迎来在美国的第二场毕业典礼，或许是最后一场。回顾这五六年，那些经历的崩溃与自豪、莽撞与果敢、不甘与释然都汇成自己独一无二的成长故事。随着不断反思和前行，自身成长的速度逐渐加快，在研究生期间几乎以周为单位不断刷新。如果一定要总结一些所谓的成长经验，“学会独处”是我最想说的。

“你们这个年龄的孩子，得知道，你忍受不了孤独和寂寞，最后只有自己给自

宾夕法尼亚大学城 37 街的教堂 / 朱紫兰　摄

己买单。”高中时的数学老师曾言辞恳切地告诉我们，当时的我以为老师只是借此训诫早恋的同学，要管住自己躁动的内心，后来发现，承受孤单和寂寞原来是人生的必修课。直到自己漂洋过海，学会独处，像是一条基础原则，在留学的放大镜下，愈发显得紧要。

留学初期，由于人生地不熟，格外依赖朋友和中国留学生“小团体”，和大多数中国留学生一样，喜欢扎堆儿学习生活，下课后恨不得每时每刻都聚在一起。甚至有一段日子，为了保持沸腾的人际关系，生性安静的我选择和朋友们穿梭于各种家庭派对。在大声欢笑和情绪释放中，觉得自己像温水中的小青蛙，大脑不再下意识选择深层思考，在喧闹中逐渐懒惰，而最明显的变化，莫过于丧失一个人静下心来读书写作的能力。

在那段内心喧闹的日子里，我愈发感到恐惧，惧怕有一天曲终人散各奔东西，自己又留下了什么呢？是表象欢快的回忆？还是头脑中的一片荒地？

恢复独处能力的过程充满了自我抗争，时常对自己进行灵魂三问：是否尊重自己是独立的个体？做了这样的选择，能否获得持续的快乐和满足？真的很在意别人的眼光吗？就在这样刁钻的反复自问中，渐渐恢复到享受独处的生活状态，渐渐找到交际和独处的平衡点，找回了自己内心的沉静，这是初级独处的体悟。

后来，一个人来到费城，空荡荡的公寓里堆放着几个大纸箱子，那是我从密歇根带来的全部家当。远离了本科的朋友和熟悉的环境，在这座古老的城市，独处毫不客气地选择了我。

交际和独处的平衡似乎被打破了，一时间，被深不见底的空虚包围。

宾夕法尼亚大学富兰克林雕像前 / 朱紫兰

在费城的第一个夏天，天气燥热，隔窗望着沃顿商学院的“筒子楼”，仿佛要冒出烟来。从箱子里翻出来的腹肌轮、竹笛、油画板，都无法转移我的注意力。挣扎了数个小时，在开始怀疑自己有抑郁倾向之前，懵然想到《了不起的盖茨比》中尼克看心理医生的片段，我决定把此时内心的波动落在纸上。

不论你承认不承认，生活中总有那么一些巧合，会让你顿悟。那个下午，行文从潦草记录当下感受，延伸到近期阅读的体会，慢慢扩展到人生阶段性总结，再到对自己研究生阶段的目标设定，放下笔时已经是深夜，最后摩挲着洋洋洒洒的八页信纸，独处的快乐竟让我激动得无法入睡。那时的我思索，写作是否是独处的进阶形式之一？借鉴语言教育学领域强调的“输入”和“输出”必须兼具的概念，如果把独自沉静下来充实自己看成“输入”，那么与之对应，写作就是必要的“输出”。村上春树在《1973 年的弹子球》一书里也正巧出现相似的观点：“任何事物必须兼具入口与出口，此外别无选择。”当想法多得满脑子跑，写作作为有效的输出方式，可以辅助将思路进行完整和系统的梳理。那些在脑海中游走的信

费城艺术博物馆门前广场 / 朱紫兰　摄

息或是碎片化的，或是自相矛盾的，通过逐步清理和拓展，繁杂的信息逐一模块化，变得井井有条。在往后的写作经历中，每每落笔，都有一种开了闸的快感，这种进阶版的独处方式，也为成长过程中的交际提供了相当扎实的语料基础。

学会高质量独处，不仅可以找回自己内心的沉静，也能将思想内存整理得井井有条。在留学多姿多彩的生活中，有必要留出一部分空间独处，逐渐学会鉴别、吸收高质量的输入，学会将输入整理得井然有序，学会系统高效地输出，最后回馈一个飞速成长的自己。

沉浸于高质量独处的同时，也给了我足够的空间去观察身边的人、去体悟发生的事。比如爸爸妈妈常说的“活到老，学到老”，在留学过程中我就逐步深入、大有感触，从成长的角度解释，这不就是最近很火的“终身成长”么？

老规矩，先来说说我理解的“终身成长”。

爸爸妈妈可能没有关注过国内的综艺节目，2017 年的《奇葩大会》出了位“女冯巩”——傅首尔。被她那句经典的“吵架是为了维护内心世界秩序”所吸引，充满好奇地查找资料。果然，所有崭露头角的成就，不是偶然的一夜爆红，也不仅是因为幸运，这位成功写出多本畅销书的女人，在过去的十多年，把本可以自暇自逸的时间都用在努力读书写作上。她说，自己是坐了十年冷板凳换来的

费城市中心一景 / 朱紫兰　摄

积累。不论是否迫于生活压力，这个女人一直走在努力突破自我的路上，一直在积极应对生活中所有的艰难，如此坚持以往，这无疑是对终身成长的成功诠释。

还有这些年遇见的，符合终身成长概念的人真不少。然而越是发掘，越是体会到身边的同龄人藏龙卧虎，有极其努力上进与学习拼命的狠人，有怀揣科研报国理想的有志青年，有从小耳濡目染家学渊源的同窗，也有在商业中发光发热的未来企业家……但给我印象最深的却是一位年近七十的老奶奶——献身国家科研事业的科学家，培养出三名博士子女的母亲，我中级英文课上年龄最大的学生。每次提问都会高高举起一根食指的老奶奶，恐怕是我班上最积极的学生了，在她的眼睛里，是对知识的渴望。课间闲聊，眼前这个充满活力的老人，目光坚定地讲述自己的人生价值观："持续学习是我对自己的人生要求，不动脑子简直是种折磨，我还有多少时间可以浪费呢？有些身体年轻的人，头脑已经走向衰老，而我虽然年龄大了，内在还是个有活力的年轻人。"

基于这些故事，我所认同的终身成长，是一种可以在一生中持续保持"遇见问题并努力解决问题"的能力，不断突破，不止于困境；亦是一种生存态度，带着发自心底的自信，不会惧怕突然的改变，也不会抗拒新思想的冲击。

自小你们就告诉我，环境的影响是潜移默化的，被身边这些执着于终身成长

宾大校园盛开的玉兰花 / 朱紫兰　摄

的人所感染，我逐步学会了对自己的成长有所规划，沉浸于校园的学术氛围下，也逐渐总结出了自己的成长公式。

通过一些机遇，我深刻地认识到了只有去积极尝试、勇敢试错，才能获得成长的可能，但也不必要给自己太过沉重的挑战。借用语言教育学领域的“i+1”理论，会更推荐大家去尝试能力之外一点点的事情。在“i+1”理论中，“i”代表学生目前的水平，“1”则代表高于学生现有水平的增量部分，且这部分增量处于学生稍微努力一些就可以达成的范围。选定做事目标后，正式开启成长万能公式，“假设 + 印证 + 复盘 = 成长”。拆解开来讲，就是首先学会对要做的这件事进行假设，接着尝试使用多种方法或从多个角度去印证之前的假设，并在得到结果后进行复盘。比如面对读不完的学术文章，我首先测算了每小时的阅读量，然后给自己定下了一个“i+1”的小目标。根据这个目标，我假设自己在采用某些看似可行的技巧后就可以快速达成目标，接着将技巧一一落实，进行结果导向型印证。最后复盘，评估哪种技巧最适合自己，以便今后沿用。

面对身边即将留学的弟弟妹妹，懒得说些诸如“坚定自己的目标和价值观”“把努力当成习惯”这样慷慨激昂的大道理，反而更愿意把自己的些许沉淀，借这次汇报总结的机会分享给他们，提醒各位阳光青年在留学期间充分发掘自己的潜力，获得飞速成长；当然，若是有要来费城生活的孩子们，也会一再忠告选择活动区域的重要性，谨记“东不过河，西不过宾大，北不过676，南不过南街①”的段子，做一名“贪生怕死”的留学生；亦会告诉他们在课业进展不佳的时候，一定要去downtown（市中心）来一顿一磅肉的Philly Cheese Steak Sandwich（费城奶酪牛排三明治），当然，如果时间来不及还可以选择教育学院对面空地上的十元餐车，只是切记不要和自己过不去，远离37街的9.9美元的印度自助餐。

毕业将至，大学城的夜晚，依旧会被直升机掠过短暂惊醒，依旧会想你们。风吹打着玻璃，交织着不远处停车楼巨大风扇的沉闷喘息，在这种白色噪音的陪伴下，写下这封家书，不仅寄托深切的思念，也将沉淀的思考一一诉说。希望未来偶然再读到，依旧会满怀感恩，感谢这些年努力成长的自己。

女儿书

2018年3月

① 以费城市政厅（City Hall）为中心，向东不过德拉瓦河（Delaware River），向西不过宾夕法尼亚大学校区，向北不过中国城附近的676高速公路，向南不过南街（South Street），曾发生多起著名的“快闪族”事件。

祖国为盾　砥砺奋进

砺

扫码观看精彩朗诵片段

朗读者：陆思宇

“流浪地球”（节选）

潘雨桐

墨尔本大学

The University of Melbourne

他们甚至激起了你身上觉得这种生活如长河般的悠远感，而忘记了对你而言，这只是你漫漫征途上一个短暂交汇的切片。

——题记

尚不知晓前路会如何，这场流浪地球曲线返澳泰囧最终还是以直线回国做了结。普吉岛隔离的十四天结束，回到小城，集中隔离的十四天开始。

我写了这篇文章，想谈谈这段时间发生的种种，谈谈那些在挣扎崩溃里的看不开与看开，谈谈在这段每天都在见证历史的日子里，历史的尘埃落在每个蝼蚁身上而成为的大山。

普吉落日黄昏的海边 / 潘雨桐　摄

一

2020 年 2 月 27 日，举国抗疫第三十六天，小城的奶茶和凉皮店都开了。

澳大利亚总理莫里森宣布继续延长对华禁令，“任何在过去十四天内入境或途经中国大陆的旅客不得入境澳大利亚”，不考虑对留学生豁免，不考虑封锁其他国家……赶不上开学了。2020 年的赴澳大利亚留学生在世界留学生“比惨”大赛中“拔得头筹”。数万滞留在国内的赴澳大利亚留学生像是被莫里森政府泡在一大锅温水中的青蛙，周周重复的禁令，一点点露头的希望，和随即而来的铺天盖地的绝望。

我是那些青蛙里的一只。

研究生最后一学期，已经签好的工作、日程表里规划好的考试、携程网上一张张只得作废的机票、学生签证、保险、高昂的房租，被一纸禁令打乱的所有……墨尔本从没像这些日子离我那么遥远。

很无助，事到如今，大家心里都清楚，原来禁令解除与否，根本不是疫情走向所决定的。摆在每个人眼前的，是赤裸裸明目张胆的歧视。我在澳大利亚生活近三年，遇到过很多走在路上会笑着跟我打招呼或是用蹩脚的汉语说“你好”的澳大利亚人，我在这片土地上切身感受到的包容和友好远比歧视多。然而我从来

在那一刻离我好远的墨尔本 / 潘雨桐　摄

没想到，这种歧视没出现在我的日常生活里，却堂而皇之地出现在了一位政府首脑的发言稿里。

被迫踏上流浪地球、曲线返澳的征程，那种感觉在初开始那几天里很不好受，你看着周围的人慢慢露出笑脸，好像春天就在眼前，好像一切都回到了病痛来临之前，你和这些人一样，等这一刻好久，然而现在，你却要亲手推自己下火坑。政策的不确定性，外交辞令里的海关自主裁决权，被遣返和关进小黑屋的留学生，返澳的成功与失败案例，以及我手里的这本湖北签发护照，让所有的这一切都像是一场赌注。

然而更让我觉得难受的是在那几天某个辗转反侧的深夜忽然袭来的反思，那种感觉是什么呢？你忽然觉得自己很可笑，你如履薄冰，为了想要做成的事，想要拿到的工作，从很早很早以前就开始步步规划，你用百分之一百的努力把所有东西卡在既定的精准轨道上，然后你还要温润淡然笑着像生活从没给过你巴掌。你一个人扛过好多好多，挨了生活无数打。你花了无数心血，以为自己建了一座地基足够坚实的城堡，可以慢慢建得更大直到有一天能支撑自己富足地生活在里面。但实际上，在不可控的事件来临的这一刻，你忽然才知道，你还是漂在汪洋大海里那艘可怜的小船，从来没有变过，但凡生活稍稍对你施加压力，你就可能完全翻掉。

然后你开始怀疑自己，这样做到底是为了什么，有什么意义呢？你真的开心吗？你忽然想到小时候的自己，那个时候你没怎么走出过这座小城，你压根儿没看见过这个世界有多大，那个时候你想的就是学校门口的麻辣串串，隔壁班喜欢的男孩子，和闺蜜传的小纸条，世界怎么样与你一点关系都没有。2003 年“非典”来袭时候我在上小学，记忆里好像那场浩劫甚至对我都没有什么影响，好像就只是大家开始流行让妈妈缝一个红布中药包挂在胸前。2009 年甲型流感病毒流行时，我上初中，我们班当时因为有同学感冒而全班被隔离在了一座偏远的教学楼上，记忆里的那段日子每天都有水银温度计掉落在地上的碎裂声。

于是想到一个比喻，我觉得我们就像是很多胖胖的虫子，与外部世界联系得越多，我们的触角就越多。那些没有或尚未长出触角的虫子可以舒服地待在一个地方，很难受到伤害，而触角很多的虫子就很容易被外部世界的变化踩断角。

我的小城 / 潘雨桐　摄

但你其实谁都怨不了，这是你自己的选择。你想要的东西太多——被认可、纯粹的爱情、尊严、独立、自由，没一个容易的。你不想按部就班，接受生活的妥协，你偏要选难的那条路，和世俗还有那些“道理”对抗。而你自己知道，你必须得很强大，才有微小的可能守护住你所坚持的这些东西。

也是在那一刻，你忽然发现，一直自诩为特别享受当下的自己，其实一点都不洒脱，你其实怕得要死，丢不掉的东西太多，大概是因为心血投入得太多了。这些年来，你慢慢长大，看着不再年轻的父母仍在为了支持你日日奔波，你何德何能轻巧说一句陪伴就驻足不前。一个人在国外生活的这些年，你很想他们，但正如有篇文章里说的，那种想念“大部分时候不是因为需要，而是因为希望自己所看到和经历的美好，他们也全都能经历一份”。

大年初三和妈妈一起看日出 / 潘雨桐　摄

和朋友们下定决心要走的那一天，我姥姥姥爷一大早就跑来，但我不能告诉他们我回不去澳大利亚，而是要去一个比家乡小城危险得多的地方先隔离十四天。我不能让他们担心，就轻描淡写地说澳大利亚没事。他们叮嘱了我几句，开始和妈妈闲聊武威路卖的黄瓜便宜又好吃，然后又谈论起我家阳台上的君子兰长得可真好。我把头扭过去，视线放在君子兰青翠的叶片上，以防他们看见我眼眶里止不住的眼泪。

有的时候就是这种东西最让人难受，不是大悲大痛，而是那些常人眼里的寻常琐事你都无法拥有。那些每日纠结白菜两块八还是三块钱，哪儿的肉比较新鲜，抱怨邻居家的狗太吵，八卦于谁家夫妻夜半吵架的人，大概很难想象有人竟会这么羡慕他们。姥姥起身抱了抱我，像每一次我离开家之前一样，她用脸贴着我的脸说照顾好自己啊，我嗓子一哽差点没忍住。我看着他们走出门，我姥姥腿不好，走得很慢，全白了的头发丝被风吹成很多圈圈。我笑着说慢点啊，关上门却一下大哭起来。你在那一刻特别害怕你知道吗，你好害怕失去，你忽然什么都不想要了，就想停在黄瓜和君子兰的那一刻。

安检口快排到黄线的时候，我回头跟爸妈招了招手，转回头的时候忽然鼻头一酸。你在那一刻一片片剥掉待在他们身边时他们总能给予你的保护壳，那个不可见的动作在三十秒之内完成，然后你将眼泪吞回肚子，回到一个人生活的状态，像他们保护你一样保护自己。

下了国内段飞机，找了个饮水口摘了口罩赶忙喝了杯热水。机场人很少，从浦东出海关的时候只有我一个人。边检工作人员是个很温柔的姐姐，她接过我的护照，问我去哪里，我说普吉，然后她忽然停下手里的动作抬头看着我的眼睛问，曲线返澳吗？

二

在普吉隔离的十四天，我们住在一个比较偏远的海滩的酒店。酒店里亚洲人很少，能看到的印度、法国和俄罗斯面孔比较多，全酒店只有我们几个人戴口罩，在走廊里到处躲着人走，从来不去游泳池和酒吧，在一片来度假的穿着比基尼、沙滩裙的住客里格外显眼。开始的几天我们还会因为吃早餐时的众目睽睽而觉得不自然，后来已经可以全然无所谓地正视回应这些狐疑的目光了。

记得有天我们戴着口罩坐在酒店的海边，看着沙滩上嬉戏踩水的人们，小李忽然说，你说他们看我们会不会像是得了绝症而在这里度过生命最后时光的病人，我们几个听了笑作一团。在那段时间里，我们好像都没那么看不开了，开始接受了这段经历里的不公和心酸，甚至学会了拿它开玩笑自嘲。

泰国人民很可爱，我们在房间里学习聊天，成为周边为数不多几家小饭店的老主顾。这十四天现在回忆起来是一段焦灼之中还算安逸有趣的日子，也因为无法游览名胜，而发现了很多藏匿在细微之处的动人情节。

房间的阳台上每天都会有两只鸟儿在我们还没醒的时候站在灯架上咕噜咕噜地叫，一只蓬松开身上的羽毛，另一只帮它整理。也有时是只有一只出现，叫声就会变成像是在期待和呼唤。我和明洋给他俩编了一出爱情大戏，每天都躲在玻璃门后面举着相机。

一只鸟儿 / 潘雨桐　摄

有天玻璃门上趴了一只长得很像海底生物的飞蛾，我坐在玻璃门旁边学习，它一动不动趴了半个早上，我们研究了它半天，开始怀疑它是《三体》里派来监视人类的外星生物。房间外的走廊里每天夜幕降临就会有很多壁虎和大虫子，壁虎看上去通体透明，天一亮推开房门就不见了，而大虫子早上还是会在门口，只是翻了个个儿。

草地里有一只走起路来很优雅的捉虫子大鸟，门口卖水果的小店养了十只不一样的猫咪，老板娘是个爱笑的泰国女人，她不会汉语也好像不怎么会英语，每次都手舞足蹈地讲她的猫咪，而且都能手舞足蹈地完成我和她的水果交易。我觉得很神奇，因为我一度以为语言和沟通是经济交易里的必需。隔壁还有一家小店，趴着一只老成的大黑狗和一只奶声奶气冲谁都叫的小白狗。大黑喜欢在冰柜旁边挖一个沙坑然后睡进去，小白喜欢伸着舌头瘫在地板上，它好热，它该剪毛了。

它好热，它该剪毛了 / 潘雨桐　摄

所有的所有，壁虎，大鸟，小狗，饭店里冲我们招呼“萨瓦迪卡”的小姐姐，笑着看我们拍路边香蕉树旁、晒得黝黑的突突车司机大哥，他们日复一日生活在这里，好像从来没变过。他们甚至激起了你身上觉得这种生活如长河般的悠远感，而忘记了对你而言，这只是你漫漫征途上一个短暂交汇的切片。

酒店有一片很美的私人海滩，那些天我常常在日落时分去那里坐着，看蓝色天空晕染出橙红色再慢慢由蓝紫色褪去，天色渐渐暗下来，海浪滔滔，世界安静得仿佛只剩下自己，在那个时刻会忽然觉得手里沾了沙砾的可乐瓶像是酒而非汽水。白日里的海清爽明丽，像汽水；夜幕下的海深邃神秘，像酒，像是收起的笑容和面具，海浪拍打上来的时候一丝犹豫都没有，像是所有的坚定决绝不可思议，都在这一刻喷涌出来。

我在那个时刻忽然想到和你恋爱的那个北京盛夏，凌晨等你下班一起拉着手走回家，天气很热，但是凌晨有很凉爽的风，我们坐在万寿路背靠军营、长满高大桦树的马路旁，所有的一切都特别安静。路灯下你把咬了一口的桃子递到我嘴边又故意在我张嘴的时候拿开，夜晚的风吹着整条路的桦树叶沙沙作响。我记得我那个时候问你，你知道这个声音像什么吗，你笑着回头看我，问像什么，我说，特别像是傍晚的海浪声。

日落时分 / 潘雨桐　摄

三

在普吉隔离的十四天快要出头看到希望的时候，澳大利亚疫情却突然暴发，全澳人民疯狂囤货，所有入境人员必须隔离十四天，墨尔本即将封城的消息开始流传。与此同时，作为第三国主要选择的泰国和马来西亚病例数也猛涨。我们学校终于开始提供全学期网课，接受了我们因为旅行禁令而暂时无法返回的事实。死磕在国内的留学生不用费劲跑出来了，已经在澳大利亚的留学生要囤好东西准备宅在家了，而卡在半路的我想了想自己十几个小时的曼谷中转航班，和墨尔本公寓里空空如也的冰箱，开始陷入新一轮的纠结。

航班落地上海的时候是晚上八点多，海关入境的地方排了好长好长的队，全副武装的工作人员会根据你途经的地方在护照上贴上代表危险程度的标签，我们是安全的绿色。

那两天境外输入的病例频增，我们开始的时候还能刻意和周围的人拉开距离，后来排队的人实在太多，也只好开始寄希望于周围的人都给力一些。折腾到过了午夜，终于一切办妥，找了个落脚的地方休息一下，我看见到达大厅里显示屏上的航班信息都闪现出平日里很难大幅见到的刺眼红色：取消（cancelled）。

次日中午回到小城，行李还没等到就被工作人员送上了救护车，一路拉到集中隔离的酒店。从救护车的窗户看这座小城显得有点陌生，好像已经阔别了一个世纪而非十五天。我一路看过去，看到了在酒店门口救护车外焦急等待着想要看我一眼的爸妈。然后开始了每天只能探出头取饭，一日三次向医护人员报体温的隔离生活。

从隔离房间的窗户看出去，能看到我离开时还没有的沁着嫩绿色的烟柳，看到一辆驮着咩咩小羊的大卡车，也看到一对颤颤巍巍彼此搀扶着的老人，一边张罗着要送什么东西上来，一边使劲抬头向我这个方向的窗户张望，一定是谁的爷爷奶奶，我心里想，继而想到了一定一直也在挂念我的，我的姥姥姥爷。

四

2020 庚子年，对全世界大概都是一个一言难尽的开场。光是历史上难得一见的美股熔断，我们就在短短两周内见证了四次，我甚至都能够想象到，在这之后的很多年，我的金融教授都会将停止交易的这十五分钟圈出来，讲给那些此时此刻或许尚未见证的、尚未长出触角的年轻人听。但同时，同样值得被看到的是，那个过去只会闪现在学校网站角落里的线上支持平台 ZOOM，现在变成了全海外高校网课的顶梁柱，在全球股市暴跌的大环境里，ZOOM 股价大涨，仿佛是在告诉我们，每一个危机的背后都蕴藏着难得的机遇。

最后的最后，作为一个从小就野到不行的姑娘，我原以为集中隔离的十四天对我来说会是个很大的挑战，但事实是，我过得还不错，每天听课、看书、运动、写文章、想问题，保持了每一份来自生活的仪式感。今天早上还意外在最近当班的医护姐姐的朋友圈里看见她说喜欢听见我的声音，会让她觉得开心。我也是在这个时候发现，在国外的这些年，教会我的不只是知识和看问题的方式，更是和自己相处也取悦自己的能力。

希望世界的每一个角落都快快好起来。

也希望在这个世界每一个角落的你都能够好好生活。

疫情下的逃离

贾毅凡

东伊利诺伊大学

Eastern Illinois University

脚踏实地，仰望星空；砥砺前行，不负韶华。

——题记

2020年注定是不平凡的一年！世界各地新闻很多，但要说起对留学生影响最大的，莫过于新冠肺炎疫情了。尤其对于我们留美学生来说，实是跟疫情打了一场艰苦卓绝的仗，时至今日仍让人心有余悸。

“新冠肺炎疫情，中国打上半场，外国打下半场，中国留学生打全场。”年初，当疫情在国内暴发，举国上下勠力同心，和疫情做斗争的时候，远在异国的我们都为祖国和家人捏了一把汗。可谁也不会想到，一场更大的危险正在悄悄逼近我们。

记得美国第一例感染者在西雅图，是美国的西北角，我所在的伊利诺伊州在美国中部，距离西雅图还比较远。自信于国内成功的抗疫经验和美国强大的医疗技术，我们当时并没有当一回事。然而，偏偏事与愿违……

毕业照 / 贾毅凡

不同于国内的全民重视，美国政府极力宣传这个病不严重，让大家不要紧张，保持社交距离即可，不用戴口罩。和大多数欧洲人一样，在美国人的观念里，只有病人才会戴口罩，用来防止将病毒传染给别人，而不是保护自己。最关键的是，当时的美国根本买不到口罩，为数不多的口罩全部供应给医院了。

注重安全、出门穿戴各种防护用品的中国人便一度被认为是病原体，总会招来一些极端分子异样与歧视的眼光。我一个同学戴口罩走在路上，被人摇下车窗骂“Virus”（病毒）！在这样的环境下，家人费尽周折从国内寄给我们的防护用品，我们戴也不是，不戴也不是。本来就担心被传染的我们，为了避免麻烦，基本都选择了不出门或少出门。

因为美国政府叫人大跌眼镜的抗疫策略与老百姓满不在乎的态度，疫情很快就在全美各大城市暴发了。大城市的好处，是平时你可以尽情地享受着它的各种便利发达、文化的交流与碰撞，但当有什么坏事发生时，它也总是首当其冲。芝加哥是伊利诺伊州最大的城市，很快就成为全美国疫情最严重的几个城市之一。当时伊利诺伊州有一万多病例，一个芝加哥就占了九成以上！我们学校所在的查尔斯顿（Charleston）离芝加哥只有大约 300 公里，当疫情在芝加哥蔓延时，我们就意识到这次可能会在劫难逃，疫情来到 Charleston 只是时间问题。但我们却无能为力，只能恐惧地等着、躲着、准备着，准备“迎接”疫情的到来。果然没过多久，疫情就“不负众望”地来到了 Charleston。

留学生群里一下就炸开了锅，都嚷嚷着要赶紧准备囤东西。与自己租房子的留学生不同，我是寄宿在当地的一个四口之家，囤东西的事情，我倒不用操心，房东自然会安排好的。令我害怕的是房东一家对疫情毫不在乎的态度，他们依旧我行我素，该玩照玩，毫不收敛。为了证明他们不怕疫情，男房东好几次跟我说，如果我和我的朋友在芝加哥想要什么东西他们可以去帮我买。我已经被吓得坐立不安、手脚发麻了，哪里还有心情要买什么东西，哪里还敢让他们去芝加哥？我巴不得他们也和我一样，避免外出，减少风险。

我的一个学妹，她寄宿家庭的房东开了一家商店，每天要接触很多客人，也坚持不戴口罩，强调自己会保持安全距离。后来发现咳嗽，他还坚持认为是普通感冒而不去医院，照样正常上班、回家。学妹都被吓哭了，躲在房间，不敢出来吃饭，生怕自己被传染。我们虽然同情，可是除了给她送一些家里寄过来的防护用品，违心地通过微信安慰几句之外，也是毫无办法。

看着一天照样出出进进的房东，一种不祥的感觉突然笼罩了我的全身：他们这样大意，迟早会被感染，然后传染给我。我甚至想到了自己英年早逝的场景。这个学留亏了！

很快，细心的女房东似乎发现了我的不安，在晚饭时一直安慰我。她说：“这只是一场普通的小感冒，并没有媒体所渲染的那样恐怖，媒体只是为了吸引眼球而吓人。我问过了我们的私人医生，这个病只会传染给老年人，你这个年纪的孩子很安全！完全不用担心。即使感染了，也只需要在沙发上躺 14 天，就会自动恢复，没什么大不了的。美国每年流感都要死六七万人，相比之下新冠肺炎造成的影响根本微不足道。”（当时美国只有几百个人死于新冠肺炎。）男房东附和道：“是啊，像你这样紧张害怕完全没有作用，反倒会搞得你寝食难安，加上心理恐惧，会降低你的抵抗力，对身体尤为不利。与其担惊受怕，不如坦然面对。”是啊，他说得也有道理，面对已经无法逃避的事情，担惊受怕又有什么用？

那天晚上，他们和我聊了很久。他们对待疫情的态度和看法，给了我很大的启发。与其惶惶终日，不如坦然面对。不经意间，生活又使我领悟到了一个道理。人也许就是这样成长着的吧。

随着感染和死亡人数的直线上升，固执的美国人似乎也意识到病毒的严重性了。不久就传来了要封城的消息。不同于国内，他们的封城非常有意思。有一个词叫“Essential”，必不可少的，基本的。只要是“Essential”的事情还是都可以做，不“Essential”的就建议大家不要出门了。什么叫“Essential”呢？散步、遛狗、加油、超市买东西什么的都算，你都可以出门。只不过饭店、购物广场、理发店等都关门了。

政府让大家安心，封城之后大家的生活不会受到太大的影响，基本维持原状。但是仍有很多老百姓抗议，认为侵犯了自由，剥夺了人们的权利。各种声音嘈杂不绝，疫情反倒不是他们讨论的重点，政府对待疫情的方法手段却成了新闻头条。

西雅图中央图书馆

登机回国 / 贾毅凡　摄

支持的，抗议的，无所谓的，什么都有。尤其是政府和新闻媒体炮制的“中国病毒”论，更让一些不明真相的老百姓也倾向于敌对我们，甚至当街辱骂殴打。那一段时间，我们真的是生活在水深火热之中。

在这样的形势下，美国人逐渐分化成了两派：一派选择相信媒体，害怕病毒；另一派选择不相信，坚持认为这个病不要紧。但是不管害怕不害怕，他们都开始去超市抢东西了，抢的是卫生纸和武器装备。

先说卫生纸吧。三月初的时候，不知道是谁首先去抢的卫生纸，后来所有人都开始疯抢了。那一天我突然看见客厅里卫生纸堆积成山，就很纳闷，问他们怎么回事。他们说去超市的时候就看见所有人都在抢卫生纸，因为担心缺货，他们也开始跟风了。最可笑的是，竟没有人知道这是为什么。果然，刚过两三天沃尔玛就没货了。越没货人们就越惊慌；越惊慌就越想囤，陷入了恶性循环。这在自信的美国人眼里，是疯狂与恐惧的。

美国是一个枪械泛滥的国家，他们一旦感到自身安全受到威胁，就会立马囤积武器自卫，而不是相信政府。在封城的情况下，很多人担心有人会因为买不到食品而被迫入室抢劫。所以一些杀伤力巨大的枪械便是他们认为最好的防卫武器。我的房东是参加过伊拉克战争的退伍军人，对安全比较敏感，他认为这可能是美国近 100 年来最大的变动，谁都不知道将来会发生什么。为了提前防备，就去超市买了一把 M4 突击步枪和三百发子弹，外加三个弹夹，还给我买了一把匕首防身。考虑到我的房间在一楼，他还在我床头装了一个报警器连接到他的房间。告诉我如果有个什么风吹草动就赶紧按报警器，他会在三秒之内端着他的装满子弹的 M4 出现在我房门口。他的这些自我防护行为，在给了我安慰的同时，也隐隐地增加了我的不安全感和对未来的担心。

一波未平一波又起。随后出现的美国黑人被暴力执法事件，引发了美国大面积的游行、暴动、打砸抢烧，芝加哥市区里的大楼都被人放火烧了，形势骤然变得一天比一天严峻。面对这些从来没有经历过的失控的局面，我就像热锅上的蚂蚁，除了成天待在房间里看电脑以外，完全不知道该怎么办。

眼看着越来越严重的疫情和政府的奇葩操作，到四五月份的时候，留学生都坐不住了，感觉不跑不行，纷纷想要回国。当时中美之间已基本断航，相对于 300 万的华人团体，仅凭一周仅有的几个国内航班，无异于杯水车薪，我们根本就没有可能抢到票。平时四千多元的机票，被炒到几万元，十几万元，仍然一票难求。想直飞是不可能了，只能转机。经欧洲、非洲，转三四回，历时四五十小时都是常事。大多数人还是买不到票，陷入僵局。侥幸能抢到机票的，还经常面临航班随时被取消的不确定性，甚至有的买到票的同学，在转机的时候航班被取消，困在中转国不能回国，也不能返回，只能在机场这么待着、等着。

我买了三条不同时间不同线路不同航空公司的中转票，最终无一例外都被取消了！一次次的失望，使我和大多数留学生一样，逐渐放弃了回国的奢望，打算就这么在美国耗着，听天由命了。面对高度风险，却又无法逃离，这种沮丧、无助的感受，相信没有经历过这次疫情的人是无法体会的！我们深知美国不是适合

比弗利山庄 / 贾毅凡 摄

我们待的地方，但我们别无选择！

在国内的家人更是担心，与我每天的视频交流早已成了常态。话题无外乎就是一次次地强调不要出门，要勤洗手，戴口罩，以及怎么想办法买票之类的。感受着父母家人对我的焦急与担忧，我心里也很不是滋味，只能每天装着开心无所谓的样子，告诉他们问题不大，我们一家人从来都不出门，安慰他们，让他们宽心。以前认为所谓的一夜白头只是书上的夸张手法，但是等我回来见到父母的时候，才发现他们原本的满头青丝早已长出了很多白发。真是叫人心疼与不安。

山重水复疑无路，就在我们随波逐流，准备放弃努力的时候，祖国母亲向她的海外学子们伸出了温暖的大手！各大使馆、总领馆开始给留学生发放健康包，有口罩、手套、消毒湿巾、连花清瘟以及一封来自祖国的慰问信。这份来自祖国的关心给了我们极大的鼓励与安慰。美国在世界各地的留学生很多，但是国家出手援助的只有中国！我百感交集，心中充满了感动、惊喜。我们手里的那本红色中国护照，就是最重要的信物，让我真真切切地感觉到身为一个中国人的光荣和自豪！

拿回健康包，我马上向房东一家“炫耀”，拍照发给外国同学看，生怕他们不知道。要知道，这些物资在当时极其珍贵，市场上根本就没法买到。我们旁边的大学发健康包时就发生了被人持枪抢劫的案例。

国家包机接英国留学生回国的消息给我们带来了一丝曙光和希望。5 月中旬，我们陆续收到了中国大使馆发布的祖国将继续安排包机接滞留美国的留学生回国的消息，让我们在总领馆网站上登记申请。我们并没有特别期待，在美国的中国留学生有几十万，能轮到我们的机会实在是微乎其微。大多数同学都懒得申请，直接选择放弃。我虽然也不抱太大希望，但经不起家人的反复催逼，最终还是赶在截止日期之前提交了申请，这也是我当时所能做的唯一的选择了。

万万没有想到，正是这次看似无望的选择，接下来却发生了注定会让我铭记一辈子、炫耀一辈子、感恩一辈子的转机！

5 月 27 日晚上，正对着电脑发呆的我，突然看到屏幕上跳出一个邮件提示。打开一看，是芝加哥总领馆发的，说祖国将安排一班 31 日芝加哥到广州的留学生包机接我们回家，要我们这几天留意海南航空打给我们的电话，不要错过。幸福来得这么突然，我简直以为是在做梦！

果然，第二天早上 7 点刚过，我就接到了航空公司的电话，说是根据大使馆的安排，我可以订票乘坐 31 日的这趟包机回国，问我是否确定回国。对着电话，我颤颤巍巍地连说了三个“要”！接着竟一时语塞，不知道该说什么了。然后对方就直接确定信息帮我订了一张。我不能自抑地从床上蹦了起来！

雪中送炭，这下回国算是有希望了！几个月的焦虑，终于得到了释放。我立马视频连线，告知了父母。他们也都不敢相信，仔仔细细地询问每一个细节，生怕我被骗。梳理了整个环节都没有发现漏洞的时候，他们还是要我马上打总领馆电话确认真假。

可以离开这个曾经令我无限向往，而今寝食难安的美国了！兴奋之余，还是有一丝不舍。我的房东，一家和蔼善良的美国普通人，还有我的美国朋友、同学和老师。在一片羡慕和祝福中，我通过手机，一一和他们道别。

行李早就精简得只有一个行李箱了。在激动和不舍的心情中，终于等到了 31 日。热心的房东和家人还是坚持要送我去机场，他们甚至为了这次送行而特意“装备”了口罩。听说当天芝加哥有暴动，房东还带上他的一把手枪，一家四口开车 3 个多小时把我送到芝加哥奥黑尔国际机场。

当看到机场有总领馆工作人员的时候，我一直悬着的心终于落地了！出门在外，祖国，只有祖国才是你最强大的后盾和依靠！这种感受，除非身临其境，是任何电影、任何语言都无法描述的！感谢，感谢我们伟大的祖国母亲！

啊，我终于顺利逃离了人们眼中的天堂——美利坚合众国，平安回到祖国母亲的怀抱！

噩梦终于结束。回想起在美国这几个月的煎熬，不怕病毒的美国人，感染几百万人的疫情，与政府对抗的百姓，要自由不要健康的观念，无法绕开的种族问题，等等。难道这就是很多人想要追求的天堂吗？这一切的一切，使我逐渐意识到，美国，并不像人们幻想的那样美好。

作为中国留学大军的一员，正是这种切骨的经历，使我更加深刻地感受到了祖国母亲对我们海外莘莘学子的关爱和期盼，也更加坚定了我学成归国、努力建设伟大祖国的决心。山高路远，不管前途遇到多少困难，我都将坦然面对，永不言败！我深深相信，我们的祖国一定会越来越繁荣富强，中国一定会傲然屹立于世界的东方！

我们的庚子年春天

李善杰

子女就读院校：新加坡国立大学

National University of Singapore

Decide the fate of a person is not his ability, but his choice.①

——题记

口 罩

离春节还差着几天，女儿频频找我视频聊天。这孩子有点反常。

自从到新加坡留学，我咋觉得，女儿成了别人家的了呢。除了一周规定时间

---

① 译：决定一个人命运的不是他的能力，而是他做的选择。

作者个人照

视频一次以外，我每次关心她生活起居衣食冷暖的时候，她总是惜墨如金：哦，是，不，好，顶多是还行。就这么敷衍我。如果有一天主动找我聊，指不定是有事要商量。

女儿问我，妈你买口罩了吗？买酒精了吗？过一天又问，妈你还上班吗？再过一天，又发来质疑：妈你都放假了，今天微信运动里为啥又是那么多步？

年三十头两天，女儿给我上糖衣炮弹了。她发过来一张微信朋友圈截屏，是她身在美国的同学发的，告诉大家一定要提醒父母高度重视新冠肺炎疫情，老人们信息渠道不畅通，一定要苦口婆心给他们讲！给他们讲！给他们讲！这个同学刚跟父母视频一个多小时讲疫情的严重性。女儿在下面评论：我妈还挺重视的，真是个好妈。

第一个反应是：孩子知道关心我了。 第二个反应：啥，我就这么成“老人们”了？当了好妈，乐颠乐颠的。不让出门就不出门吧，宅呗，得有个好妈样。挨个通知亲戚们取消原本定在春节期间的家庭聚会，把准备待客的蹄啊肚儿啊扣肉啊海鲜啊，细水长流地做给自己和老伴吃。

天天早上起来就摸手机，看疫情通报。有些消息想看又不敢看。不看吧，惦记，看了吧，心里憋闷，还慌得不行。看到怎么防控疫情的消息就给女儿发链接，女儿又苦口婆心了：妈，看信息得有脑子，假消息也是病毒，得防！气得我不理她了。

宅在家里的日子，天天躺在沙发上看阳光投影。阳光长脚了，走得还挺快，上午在西墙，晌午到地面。一会画格子，一会又把阳台的枝呀叶呀印到房顶。接了个陌生电话，小区门口有快递。全副武装取了快递上楼，拿酒精喷壶上下左右一顿喷，打开一看，一个写满英文的盒子。再喷酒精，打开，一大堆白花花的带子在上面，下面蓝汪儿的，全是口罩。新加坡的口罩是系带子的，不是咱们这样，往耳朵上一挂，齐活。

一问，果然是女儿寄回来的。女儿说，把手头口罩划拉划拉，都寄回国了。追问女儿，自己留点没？女儿说，三个五个是有的，妈你别操心了，管好自己吧。臭脾气，又不耐烦了。

疫情连三月，口罩值万金。舍不得戴，查了好几遍，一共一百个。家里亲人们有的在小区门口监测站岗，口罩好几天供不上用了。给家人们分了五十个，剩下的不敢动了，女儿那边不知道啥情况呢，这时候的口罩，金贵。

牵　挂

女儿那边有确诊病例了。心焦。盯着看新闻，数字天天上升。孩子学院的导师有一例确诊了。

心里长草了一样，坐立不安。找女儿视频，三次倒有两次不接。问她有没有口罩，含糊着不回答。心里这草越长越高，毛躁。一个劲追问女儿用不用把剩下的五十个口罩快递回去，再寄点连花清瘟之类的，女儿态度坚决，说防护做得很

女儿在广州沙面 / 李善杰　摄

好，不用惦记。

关注了“新加坡眼”等公众号，天天盯着确诊病例数字的变化，学会了上微博，寻找一切跟新加坡疫情有关的讯息，连评论都一条不落地看完。自己身边的疫情倒是让人心安。有国家呢，一切都放心。

同样是一月上旬的一个晴朗天气，我们送女儿去机场。

从女儿上大学开始，经历过无数次这样的送别了。到了安检，我们约定，七月的时候，新加坡见。

之前缺席了女儿本科阶段的毕业典礼。女儿本科就读于国内一所“211”学校，课业非常紧张，当时正为毕业设计白天黑夜地熬图。用女儿的话说，晚上拉闸断电以后搬桌子到走廊接着画图的，全是这个专业的。没有过多的精力放在毕业典礼上，同寝室的八个女孩子，那一天，一起把学士帽抛上了天空。之后女儿没有找中介，靠厚厚的作品集和本科四年的成绩，申请到了新加坡国立大学和香港大学的录取通知，最后选择了新加坡国立大学（NUS）并且马上就要硕士毕业了，我们约好了，庚子年七月，我们相会在美丽的 NUS 校园。

是最后一个学期了，女儿她们班要去印尼、日本实习。机票和住宿提前都订好了。通过境外中国银行把费用提前给女儿打了过去。开学头几天，课程不紧，正好国内的同学放寒假，过去找她玩，两个孩子在圣淘沙、牛车水留下了很多好看的照片。

那时候我们不知道疫情已经悄悄扩散到城市之间了。

女儿出现了干咳、腰疼等症状。当时新加坡已经出现疫情，再加上那几天女儿把床让给同学住，自己打地铺着了凉，身体不适越来越明显。女儿一直报喜不报忧，这回实在纠结了，几天后就要去印尼实习了，没办法才跟我说了实话，我一听就紧张起来了，告诉孩子去做个检测吧，不行的话，印尼就不去了！

孩子去了校医院，量了体温，问了症状，在门口值班的医生说，应该不是新冠，自己决定吧，进不进去。进到医院，就得隔离了。女儿自己感觉不发烧，也没有其他症状，还是跟着去印尼了。一路上，所有的症状都消失了，她给我发回来印尼的视频，还在印尼买了一些口罩回来。

日本行程取消了。春节过后，国内疫情形势不乐观，二月份以后各地也都有了疫情。

女儿说，已经小班授课了。又说，上网课了。万幸女儿这学期申请到了学校的宿舍，吃饭在食堂，食堂不允许堂食了，她说每天出门就是买个饭，挺安全的。让她洗手，说手要洗脱皮了。

女儿发回来学校的照片。夕阳下，对面的楼顶游泳池蓝得晶莹，远处的海面在夕照下一片瑰丽。如果没有疫情，这是个多么好的春天！

回家的路

女儿先买的五月初酷航的机票，不久就通知航班取消了。接着订了一张国航的机票，几天后也通知航班取消。听同学说开通了一条飞成都的航线，女儿在电脑前守着，跟我视频商量的几分钟内，五月第一周的机票就售完了，马上抢了一张下一周的国航飞成都机票，票价还不贵，稍微安心了一点。

继续关注“新加坡眼”等公众号。报道说，有的人到了机场才被通知取消航班——因为有75%上座率的限制。住宿退了，行李打包了，异国他乡的，突然回家的路就没有了，又无处可去，那是多让人崩溃的事情啊。还听说有人买了两张三张机票，因为不知道哪一趟航班会取消。据说最高的机票已经超过三万了。焦虑没有缓解，一路攀升。

关注着一点一滴来自新加坡的消息，女儿还是一贯地惜墨如金。回国后才知道，女儿是他们班里唯一一个住在校内的。学校里面有一个中国人开的超市，学生在微信群里面说了需求后，超市会进货，到货会通知学生们去取。女儿帮在校外住的同学们买了护目镜、防护服等等。去取货的时候，在一个小小的无人的屋子里用手机结账。校园里有条校狗，有时候跟着人在超市里进进出出，有一天被关到结账的小屋子里了，这个小小的事件给封闭中的孩子们带来了好几天的谈资。

女儿的运气实在是太好了。买到了低价的国航机票，而且航班没有取消。宿舍方面，学校允许住到离校的那天，经过争取，之前取消的去日本的机票和住宿费，也大部分给退回来了，学校还给了补贴。工薪家庭的孩子，一向仔细，生活用品基本上都在一个二手货的群里卖出去了，连衣服挂、瑜伽垫都有人要，都是本校的学生，到宿舍来自取。万事俱备，只待回家！

女儿全副武装，护目镜，防护服，提着两个行李箱，被同舍读博的舍友送下楼。的士司机很友好，帮着提行李。女儿给我发来樟宜机场的照片，空空荡荡。登机了，登机了！一颗心终于放下了。从飞机起飞的那一刻起，所有的焦虑一下子放飞了，飞越南海，飞回祖国，脚踩在祖国的大地上，是摸得见够得着的一种踏实感。

落地成都，各种检测，入住宾馆已是深夜。至此，女儿才脱去防护服，整整十三个小时没去卫生间。

这次留学生们刷新了我对“九零后”的认识。女儿说，同学们都很注意防护，整个新加坡的留学生，好像只有一人得了新冠肺炎，而且三月上旬就好了。口罩最紧张的时候，同学们在群里互相询问，给没有口罩的同学提供帮助。大家抱团鼓励，课业也正常进行着，除了没有毕业典礼是个遗憾，孩子们的焦虑似乎没有家长这么严重。

隔离的时候，女儿还在延续着好运气。随机分到的宾馆很便宜，食宿加起来每天才二百多元。美中不足的是房间有点老旧，有点小，窗外是一排管道，没有风景。设施也不太完善，小茶桌太低，女儿把行李箱竖起来当电脑桌，画画儿、上网课；自嗨，头七天唱歌，分声部唱合声再合成，录出好几首歌发朋友圈。后几天明显情绪有些焦躁了，身边一起隔离的学生们没建微信群，信息不畅通。不能点外卖，临结束的几天才知道可以在楼下的小超市订一些零食。聊天的时候有点不耐烦了，发脾气，说本来没想起来闷不闷的事，你总提醒总提醒！她说整个房间全部走完一圈，是 25 步；说第一次到成都，看到的风景是大管道和灰蒙蒙的天。不过成都的饭是真心好吃啊，她拍下每天的餐食做成美图，让人看了很想吃。

接下来的居家隔离是我和她一起完成的。这时候，她的其他同学们陆续飞回来了，在上海、广州，同学们隔离时发生了很多有趣的故事。在上海隔离的同学，是到饭时电话振铃，出去取餐。餐集中放到一张桌子上。一位男同学，围着浴巾出去取餐，风把房门关上了，留下男生在走廊里焦急。他们的房间里墙上都有古典的西方绘画作品，晚上大家就在群里探讨这些作品的风格、作者，各自在不同时期的古典美女注视下入睡。

隔离在家的日子，除了做美食，就是观察对面楼里一只从窗缝挤出来的猫。这只猫在窄窄的阳台外墙沿上从容行走，我们娘俩的心都提起来了，它还能来回走动，甚至回转身，姿态从容，让我们叹为观止。

庚子年的上半年就这样过去了。七月了，我们没能迎来 NUS 校园的相聚，但是，窗外是祖国北疆让人安心的蓝得大海一样的天空。还有什么比家人团聚、国泰民安更大的幸福呢。

凭寄父母念，安然海岱山

刘夏宁
海德堡应用技术大学
SRH Hochschule Heidelberg

云岫重重，千里未玲珑；夜远曦白，初心逐国梦。

——题记

我把心遗失在海德堡，
在一个温暖的仲夏夜；
我的耳朵充满了爱情，
她的嘴唇好像玫瑰含笑；
当我们在大门前告别，
我清楚记得那最后一吻；
我把心遗失在海德堡，
我的心啊在内卡河边狂跳。

——歌德《我把心儿遗忘在海德堡》

曾经吟诵过很多遍这首歌德的诗，我奔跑过内卡河南岸的海德堡老城主街——全长约1.6公里的豪普特街（Hauptstrasse），面对俾斯麦广场，感受着云烟氤氲间，自己与大诗人歌德的距离。

作者个人照

沿着内卡河边晨跑的人，并没有平日里那么多，特别在新冠疫情期间，尽管没有什么特别的禁令和管制，人们大多还是选择了深居简出。我们也是终日里心情紧张，每天如临大敌样的百般防范，最郁闷的是，德国人大多不戴口罩，我们戴口罩出门都会招来异样的眼光。

好在晨跑时，并没有与别人的近距离接触，我没有戴口罩，这样可以在跑步的过程中畅快地呼吸清早的新鲜空气，那些微风里淡淡的青草气息，阳光下内卡河水波光粼粼地闪耀，我很多次沿河晨跑时都会在心里怀念着故乡的母亲河——黄河，想起妈妈曾经给我分享过的一篇文章《黄河之滨也很美》。是啊，故乡的黄河之滨，也有着大美的景致，我们把黄河比喻成母亲，有着宽厚包容的恢弘气势，而身边的内卡河就像一个安静的少女，内敛而又恬淡，就那么静静地流淌着，穿过一城的风尘历史。

下过几天雨，天气终于放晴。站在远处看清晨八点钟的海德堡老桥，红色的圆形桥拱刻满岁月的斑驳痕迹，在蓝天白云的映照下，在青山绿水的怀抱中，偶尔还有鸟儿飞过，太阳就在我身后，阳光径直穿过那些哥特式、巴洛克式和文艺复兴式的三种风格建筑的奇妙混合，洒落了一地的静谧安逸……我又想起了兰州的中山铁桥——那座1908年由德国泰来洋行承建的百年经典建筑，历史如箭，在这个瞬间，奇妙地串起这世界人与物之间的关系，串起遥远故土与这异国他乡时空的点滴关联，我就这样静静地呼吸着无比清新的空气，就这样静静地感受着历史和大自然的气息，把自己置身于如此秀丽的山水画中，对未来的希冀与憧憬

海德堡内卡河 / 刘夏宁　摄

就像这内卡河水一样，荡起朵朵涟漪。

平日在这里，我大多会选择步行，沿着河边一路走到俾斯麦广场那边的新桥，累了就停下来，在河边坐坐，看看内卡河边经过的油轮，看看飘扬的深沉的黑红金国旗从河边掠过；或者在没有上课的日子里，学当地人一样在草地上席地而坐，一本书、几片面包，半个下午，享受灿烂的阳光，感受大自然的恩赐。

2019 年底，从甘肃的兰州，初到海德堡留学，来之前也曾对这个城市做过很多功课，也将海德堡与我上大学的重庆市做过很多的对比，三城之间确实有着太多的不同与各自的风情，有时甚至难以用语言表述清楚。

初到海德堡的感觉很奇怪，她完全摒弃了重庆那种现代化都市的摩登、兰州依托那条穿城而过的母亲河的恢弘气势，海德堡的美是有性格的，她有山之凝重，又有水的轻灵，她不止有阳刚的霸气，还有娇柔的妩媚，而最使我倾心的更是城市街巷间、河畔古桥旁那些见证了厚重历史的古堡、雕塑和鹅卵石道路。对这样一个海德堡，于我而言，不止一见钟情，仿佛寻找这个城市已经很久。海德堡实在有太多理由值得被人宠爱：她拥有德国最古老的大学和大学图书馆 —— 距今已有六百多年历史；她拥有欧洲最优美、最著名的宫殿之一的遗址，在欧洲甚至与凡尔赛宫齐名，每年游客络绎不绝。海德堡（Heidelberg）这个名字在 1196 年正式出现在历史文献中，1931 年，中国留德学者冯至赋予这个城市的译名极具东方文化 ——“海岱山”，这也是那一代中国学者用中式哲学对这个城市的定义。

法兰克福美茵河畔 / 刘夏宁　摄

我喜欢用自己的脚步去体验一个城市，从双塔桥头南面的选帝侯卡尔特奥多塑像，到北面的智慧女神雅典娜雕像；从哲学之路俯瞰红砂城堡；从俾斯麦广场穿过豪普特街到达集市广场。那些鹅卵石铺就的地面，留下了我这个异乡少年的情怀与梦想。也曾和同学们一鼓作气登上古堡，自上而下俯瞰海德堡，可以看到圣灵教堂的尖顶，可以看到老桥，可以看到曲折的内卡河，还有白墙红瓦尖顶的德国特色房屋。整个城市都弥漫着一种浓郁的浪漫气息，也难怪引得那么多名人竞相为这座古城“折腰”。而这座古城旧时的辉煌只能从残存的卫士和神灵的石雕中去想象，在这样的城堡古墙边的角落里，你可以一坐几个小时浑然不知。在高高的山上，你可以和古城堡一起，俯瞰山脉环拥中的海德堡，一栋栋白墙红瓦的房屋点缀在绿丛之中，古老的河流静静穿城而过，夕阳映照下，如诗如画。

其实，何止是歌德，多少人把心里美好的部分留给了海德堡。维克多·雨果关于这座小城也有一句名言：“我来到这个城市十天了，……而我不能自拔。”马克·吐温说，海德堡是他“到过的最美的地方”。在这样一个轻易地就让人交付了情感的地方，好像每个人都会变成浪漫主义诗人，每个人都会从这里找到自己心底对于城市之美的定义。

在海德堡最令我心旷神怡的一段旅程，是哲学家小径，那是旅行者的必去胜地。行走在哲学家小径上，遥想当年，歌德在这里徘徊，韦伯在这里徜徉，荷尔德林在这里沉思，黑格尔在这里凝神……似乎被这些哲人所感染的我们，也沾上了哲思的属性，一路安静地从东往西，踯躅而行，小径边松涛阵阵，河水潺潺，绿树成荫，秀色宜人。走过荷尔德林纪念碑后，哲学家小径算是结束，继续往前走，那却是最美的一段旅程：山径两旁的参天大树遮天蔽日，一阵风吹过，绿得耀眼的树叶沙沙作响，加上啾啾鸟鸣，依稀还能听见内卡河的涛声和对岸古城的鼎沸人声，这里恰如世外桃源一般。在那之后，每当我想起旅途中最美的画面，这一幕总是映入脑海。

结束了晨跑，回到住处，今天是周日，看了看冰箱里储备的食物，大家可以放松一下，自制一些可口的中餐来改善伙食了。因为新冠疫情的原因，我与舍友的厨艺都日渐精进，大家总是琢磨着各种中餐的菜品，也琢磨着还原家乡的味道、妈妈的味道。看到冰箱里还有一块熟牛肉，我的脑子里居然闪现出来“牛肉面”！离家的日子久了，对兰州牛肉面的想念，真用“魂牵梦绕”形容也不为过。只不过用挂面代替了手工扯面的“自制牛肉面”，真的无法还原家乡的味道。

正在思谋着牛肉和挂面的量能不能抵挡几个蹭饭的虎狼般的舍友时，门铃响起，是德国的快递小哥，咧着大嘴递过来的，居然是四个舍友一人一包的快递，看到寄件人信息时，我不知该如何形容自己的心情和激动：法兰克福中国领事馆！拎着鼓鼓囊囊一大包快递，我迅速冲回房间，是不想让别人看见我竟激动得有些失态：三盒“连花清瘟胶囊”、一包消毒湿巾、20只医用口罩、一只N95口罩、预防新冠肺炎防护知识问答读本和在线健康咨询平台知识宣传手册！这些都是法兰克福中国领事馆和海德堡中国学联寄给我们的抗疫物资，在这样的日子里，这无疑是雪中送炭的温暖啊！最令人感动的是，领事馆在包裹里附上的一张卡片，印有一句诗文：“凭寄父母念，安然海岱山”。

之前我们常说“独在异乡为异客，每逢佳节倍思亲”。而现在，在外的游子们最深切的感受是“身在异乡为异客，每逢困难靠祖国”。收到健康包的我们，内心都很温暖，抑制不住自豪的心情——就像小时候，家里给买糖而其他同学没有的那种感觉。舍友们都雀跃地欢呼着，纷纷摆开了拍照，抢着发一条动情的朋友圈。我在朋友圈里坦言：我们收到的并不仅仅是一个健康包，更是一个带有祖国妈妈温度的爱心包。我想起了武汉疫情高发期时，海德堡中国学联组织高校留学

比斯马克广场 / 刘夏宁　摄

生为祖国捐献物资的场景——这才是真正的家人。祖国需要帮助的时候，留学生们挺身而出捐钱捐物；留学生有困难的时候，祖国是坚强的后盾，送爱心送温暖。这一刻，除了感动还是感动，从这个爱心包，能够深深感受到祖国妈妈对我们的关怀。

我想我是幸运的，能够在这么遥远的异国他乡仍然感受到祖国的温暖，“云山隔万重，寸心连千里”，因为求学，在海德堡这个美丽的城市生活，短短一年间，结识了来自世界各地的朋友们，我们因为学习而熟悉，终会因为各自的理想而分离。今天，随着社会、经济、文化的进步，随着国家之间、企业之间、个体之间的相互关联不断增强，生活在“地球村”里的人们对沟通的要求越来越高。然而，不管人类创造出什么样的新媒介，采用什么样的沟通手段和形式，以人为本、用心沟通、开诚布公、以诚相见，才是固本求源之道。

岁月带走了我们的曾经，却无法让我们遗忘点滴中这些最深的感动与铭记，就像不能忘记内卡河畔草地上的欢乐时光，不能忘记独处遥远国度里来自故土的关怀，不能忘记来自祖国母亲的这一句殷切叮咛：

“凭寄父母念，安然海岱山”。

祖国永远是我们坚强的后盾
——60天抗疫记实

徐高明
子女就读院校：谢菲尔德大学
The University of Sheffield

读书撰文品茶，修身育人养花。

——题记

英国疫情突变

2020年3月14日，周六，凌晨，刚过五点。

一阵急促的电话铃声，把我们从睡梦中惊醒。

按照常理，这个时候是不会有人打电话的，我意识到一定是有紧急情况。一看号码，是女儿从英国打来的电话，以往她从来没有在这个时间给我们打过电话，

作者个人照

不禁心头一紧。

果不其然，我刚接起电话，萌宝就非常焦急地说，英国新冠病毒疫情突然加剧，谢菲尔德大学也有一名教工被确诊为新冠肺炎，学校突然通知他们，从今天（伦敦时间 3 月 13 日，周五）开始全面停课，复活节假期提前开始，具体后续安排等待学校的进一步通知。由于恐慌，有好多中国留学生已经开始抢购机票，准备回国。“我该怎么办，要不要回国？”

当时，我头脑嗡地一下，简直懵掉了，不知所措。短路了几秒钟后，才缓过神来，意识到应该首先要安慰远在异国他乡惊恐不安的萌宝。我假装镇静地跟她说，不必紧张，不要慌，并非常明确地告诉她，如果能回来，立即回国。因为当时国内疫情已得到较好的控制，毕竟回到祖国，回到父母身边，才是最安全的。

然而，萌宝却告诉我，当时已买不到回国的机票了，机票已预定到了 4 月初，并且平时五千元左右的机票已涨到了两万元左右，后来，有的居然涨到了三四万元，中介手中的机票更贵。着实有点离奇、过分和不可思议。

决定暂不回国

基于这样的情况，我说现在也没有别的更好的办法，我们不妨冷静地分析一下回国的利弊得失。

如果选择回国，有利的是：国内比较安全，万一感染了，也能得到可靠的治疗，有亲人在身边，安心放心。不利的是：旅途风险较大，极有可能感染新冠病毒；即使以后疫情有所好转，由于入境管理收紧，在未来一段时间内，可能英国再也回不去了。

如果选择不回国，有利的是：能顺利完成学业，按期毕业，回国认证学位，并就业。不利的是：万一感染了病毒，按照英国的规定，轻症是不可以就医的，主要靠自身免疫力实现自愈，心理压力较大，生命安全得不到保证。

但有一条是十分肯定的，那就是，根据国内的抗疫经验，只要囤足食物和必需的日常用品，坚持不聚集，少出门，宅在家里，就是安全的。

经过分析，权衡利弊后，我们和女儿萌宝初步决定，暂时按兵不动，不回国，居家隔离，静观其变，等待学校的进一步安排。

同时，与萌宝合租同一公寓的北京同学徽徽的家长取得了联系，双方家庭六人举行了网络视频会议，经过讨论，达成了共识：在这样的特殊时期，我们支持孩子们结成“命运共同体”，相互帮助，同进同出，留守英国同心抗疫。

留学之路一波三折

现在已记不起来，当时是怎么熬过这最为艰难的一天的。回想起来，自从国内暴发新冠疫情以来，萌宝最后一个学期的研究生留学之路，真可谓一波三折。

2019年年底，萌宝利用假期从英国谢菲尔德大学回到了国内，准备与家人一起欢度春节。但是，2020年1月23日，武汉封城，国内疫情暴发。1月30日（农历大年初六），收到了法国航空公司的消息，被告知，由于受疫情的影响，取消了原定于2月4日（农历正月十一）的航班。

当时，国内疫情正处于暴发上升期，许多航空公司取消了中国航班，一些国家也开始限制中国人入境。为了不影响学业，我们当机立断，重新购买了东方航空公司2月1日的机票，从上海出发经过迪拜中转到达曼彻斯特。

英国谢菲尔德 Division 大街街景 / 徐高明　摄

为了避免乘坐高铁途中的感染风险，2 月 1 日（农历大年初八）上午，我和妻子从常州开车送萌宝直达上海浦东国际机场，高速公路上车子很少，进城前，在上海花桥收费站接受了体温检查，一路顺畅。晚上返回常州时，倒是有些周折，分别在苏州、无锡和常州接受了三次检查和登记，耽误了一些时间。

2 月 1 日 23 时 20 分，萌宝从上海浦东国际机场准时起飞，在迪拜机场中转，等待了 9 个多小时，经过 40 多个小时的长途跋涉，终于在 2 月 3 日傍晚安全落地曼彻斯特，并转乘火车于当天夜里 10 点多钟，回到了谢菲尔德的公寓，与早前到达的徽徽会合。

群体免疫让人揪心

2 月初的英国，新冠病毒感染人数还是个位数，给人的感觉是，相对于国内，英国还是比较安全的，一颗悬着的心，终于可以稍稍放松了一些。然而，天有不测风云，进入 3 月中旬以后，欧洲很快就成了世界疫情的“震中”，英国的疫情也急转直下，我们的心一下子又提到了嗓子眼。

虽然英国全国总人口不及江苏一个省，但是，其疫情的严重程度却远远超过了我们江苏省。据英国广播公司（BBC）报道，截至 3 月 13 日，英国感染新冠病毒确诊总数达 798 人，死于新冠病毒的总人数达到 11 人。英国卫生官员表示，他们认为实际感染人数可能在 5000 到 10000 人之间。

在疫情如此糟糕的情况下，更让人揪心的是，英国政府居然实行了“群体免疫”政策。英国首席科学顾问帕特里克·瓦朗斯在 3 月 13 日发表了震惊世界的言论——“大约 60% 的英国人需要感染新冠病毒，以防止其在未来暴发”。

迫于国内外压力，英国卫生大臣马修·汉考克在 3 月 15 日对这一政策进行了修正，他说，“群体免疫并非我们的目标或政策，它只是一个科学概念。我们的目标是保护生命，打败这一病毒”。

更为不幸的是，英国卫生部长纳丁·多里斯、王储查尔斯王子，以及首相鲍里斯·约翰逊，相继检测出新冠病毒呈阳性。这又给我们投下了浓重的心理阴影。

留守英国处境堪忧

根据中国民航局的规定，自3月29日起，国内每家航空公司经营至任一国家的航线只能保留1条，且每条航线每周运营班次不得超过1班；外国每家航空公司经营至我国的航线只能保留1条，且每周运营班次不得超过1班；每个航班的客座率必须保持在75%以下。

这就意味着，留学生回国的希望已非常渺茫，即使是以前已预订了机票的留学生，也将无法按照预订行程回国，这在留学生及其家长中造成了一些不安和恐慌，一度还颇有微词。

为了增加回国的概率，有些留学生家长花高价购买了不同航空公司的多张机票。特别值得同情的是，萌宝的一位朋友花了14万元，预订了多张机票，结果预订航班全部被取消，最终他花了5.8万元才买到一张经济舱的机票回到国内。更令人气愤的是，竟然还有不法分子利用人们慌不择路的心理骗走了家长十几万元。

除了回国之路并不顺畅外，留守国外的留学生，还受到了极少数当地人的歧视、辱骂和不公平的对待，极端情况是，遭到了当地人的殴打。萌宝所在的谢菲尔德大学的一名中国留学生，因为其在大街上戴口罩，就遭到了当地人的语言攻击和殴打。有一次，萌宝与闺蜜一起出门采购物品也遭到了类似的挑衅行为。

面对这样不堪的状况，最难熬的是停课以后最初的三四个星期，家长和留学生们都表现出了极度的恐慌和不安，有许多家长甚至都焦虑得失眠了，留学生也心神不宁、无所适从。我妻子也因为焦虑过度而病倒了。

其实，后来我们发现，疫情期间，谢菲尔德的物资供应充足，社会秩序平稳。特别是，到了3月23日，英国政府发布居家限制令，实施了自第二次世界大战以来最严厉的禁足命令，英国政府和民众也开始重视疫情了。这时候，我们家长和留守孩子的情绪才平和了许多。

在居家隔离期间，萌宝主要完成了毕业论文的文献综述，以及一些课程的小论文，当然，阅读、健身、追剧、做美食，也是必不可少的日常，留守的小日子过得还算滋润。在我们做父母的看来，孩子在外，健康平安充实就好。

英国谢菲尔德大学教学楼——福斯楼 / 徐高明　摄

记录下这段经历

经过 30 多天复活节假期的充分准备，从 4 月 20 日开始，萌宝所在的谢菲尔德大学新闻学院如期复课，只不过授课形式已由原来的面对面线下授课，改为上网课。学习和生活逐步回归正常。

而在疫情暴发初期，为了疏解萌宝停课期间的焦虑不安，打发居家隔离的无聊时光，也为了锻炼她的专业技能，提高她的自身素质，我建议她着手写作留守英国抗疫日记，以文字的形式记录下这段难忘的人生经历。萌宝欣然接受了我的建议。我们很开心。

从停课的第二天（即伦敦时间 3 月 14 日）开始，直到 5 月 12 日，在 60 天时间里，萌宝断断续续写下了 46 篇留守日记。从最初的仅仅是十几位家人阅读，到后来，受到了一些国内媒体、亲朋好友以及留学生及其家长的关注和喜欢，创下了单篇日记5000多人阅读的最好纪录。

这些日记，完全是她个人琐碎生活的零星记录，或记事写人，或状物写景，或议论抒情，它们记录了萌宝在谢菲尔德禁足抗疫期间的所见、所闻、所为、所思、所感、所获。日记已成为我们家人，以及具有相同境遇的留学生及其家长，了解世界，特别是了解英国，及孩子们疫情期间留守海外现场情况的一扇小小的窗口。在过去的两个月里，我和妻子一般每天要跟萌宝联系两次，这已成了习惯。一次是在我们睡觉之前，即伦敦时间的下午，主要通过微信视频联系，了解完她的情况后，交代几句，我们才能放心地入睡。另一次，便是在我们每天的早晨，即伦敦时间的前一天深夜，主要是通过阅读她的留守日记，了解她在即将过去的一天中的动向和情绪，并叮嘱她早点休息，道一声晚安，让她伴随着我们的关爱而进入梦乡。

祖国是我们的后盾

国外疫情暴发以来，习近平总书记十分关心、惦念广大中国留学生，以及中资机构、中资企业工作人员和华人华侨。祖国没有忘记身居国外的莘莘学子，给予了他们积极的保护和贴心的关怀。

3月28日，根据中央安排，山东省向英国派遣由15人组成的联合工作组，在英国当地开展了流行病学调查、防疫知识宣教、疾病预防救治等工作，还带去了中医药、防疫知识宣教品、医疗防护物资等物品。

据教育部国际合作与交流司司长刘锦介绍，截至3月31日，我国在海外约有160万出国留学人员，当时仍然在国外的大约有142万。对确诊新冠肺炎的留学人员，驻外使领馆第一时间提供领事保护，积极协助在当地就医。同时，敦促外国政府和高校公正对待我留学人员，给予尊重和人文关怀。

最激动人心的是，在国内外防疫物资极其短缺的情况下，我国政府克服重重困难向全球海外中国留学生发放了“健康包”。4月10日，在中国驻英国大使馆的组织下，谢菲尔德中国学联的同学和志愿者们，克服困难，冒着风险，向留守在谢菲尔德的包括港澳台同胞在内的 5000 多名中国留学生发放了“健康包”。

我们对这些发放“健康包”的孩子们表示衷心的感谢，谢谢你们！并谢谢你们的家长！从媒体透露的信息来看，各地“健康包”的内容略有不同，女儿萌宝收到的谢菲尔德地区“健康包”包括：一个 N95 口罩，十个医用外科口罩，一盒连花清瘟胶囊，还有一张表示慰问的温馨小卡片。

健康包，暖心包，定心丸。它给海外中国留学生带去了习近平总书记的关怀，带去了祖国的温暖和祖国人民的挂念。强大的祖国，让我们留学生家长更放心，使海外留学生更安心。

祖国永远是我们坚强的后盾！

我的封城记录（节选）

潘洵
伦敦政治经济学院
The London School of Economics and Political Science

努力成为一名温和而有力量的普通人。

——题记

一

钟南山院士含泪说："武汉是座英雄的城市。"我想，没有谁比武汉人更懂钟老的眼泪。不知不觉中，我个人的命运与武汉这座城市的命运早已血脉相连，难以分割。我伴随武汉 1998 年夏天的特大洪水出生，听说妈妈生我的时候医院停电，一度十分凶险。资料显示，当年全国受灾人口 2.23 亿人，洪涝夺走了 4150 条生命。而在我本科毕业即将离乡远赴英伦求学之际，新冠肺炎病毒来了。

作者个人照

这个庚子年冬春，我收到伦敦政经学院两个录取通知后，经历了武汉封城、家人上一线、长辈感染病毒离世、家中煤气泄漏……两个月比二十年的人生都惊心动魄。事后我和朋友开玩笑说，我终于也算有故事的女同学了。

封城之初，我大部分时间忙于自控，无暇写作。封城之下，搜寻各种食物、医疗物资已令我身心俱疲，而剩余的时间又被纷繁芜杂的各色信息和诸多复杂情绪填满。

后来，坏消息接踵而至。我彼时的心境和中年时为生计奔波的张爱玲如此相似："暗夜里在屋顶散步，不知你是否体会我的情况，我觉得全世界没有人我可以求助。"唯一的慰藉就是家人和我并未被病毒所击败，我还有饭吃，有梦做。我尝试写作，但是删删改改，难以成篇。可能刚刚听闻从小看着我长大的医生离世后而悲愤痛哭，下一秒又因为找到医疗物资而开心雀跃。我们不缺一次次情绪的放大，我们需要的是诚实且不断反思的记录者。这种状态下的我甚至不是一个正常生活的人，更遑论做一个好的记录者。

我一度非常悲观，但我知道我不能停下来。我讨厌惶惶不可终日、躲在被子里哭泣的软弱的自己。我要做和病毒赛跑的人。

趁我还没有被病毒打败，是时候把这七十余天的记忆留存了。

二

我决定看看外面的世界。妈妈也希望我可以拓宽人生的边界，但她告诉我：“由于家里的突发状况，可能没有足够的钱送你留学了。”但我怎么会轻易放弃呢？“也许我能找到奖学金。”

首先，我检索穷尽了所有可能获取奖学金的渠道。

其次，为了全面评估留学的可行性，我筛选了部分名校作为目标，将其官网

伦敦政治经济学院 / 潘洵　摄

上的学费、奖学金、录取率以及课程安排等关键信息和各大留学论坛上的录取者背景整合在 EXCEL 表格里。为了避免选择困难，我将考虑的因素设置权重以计算每个大学在我心目中的分数。最终，我决定自己申请伦敦政经学院。

2019 年是申英留学最难的一年。由于国际环境以及英国 PSW（Post Study Work）工作签证利好政策，2019 年全球申请留英的留学学生人数骤增，众多高校提高了录取门槛。以伦敦政经学院为例，申请人数逐年攀升的情况下，其录取的人数却在下降。我对女神校的高冷早有耳闻。为得“佳人”青睐，一个月内我将文书修改了三十余稿，又请朋友和长辈提意见。历经激烈竞争，苦苦等待，在圣诞节前，我终于等到了伦敦政经学院的录取通知。这是我开启人生新篇章的高光时刻。可以说求仁得仁，皆大欢喜。

三

然而世事难料。短短一个月，我的生活又跌回了谷底。妈妈工作的医院被设为治疗新冠肺炎定点医院，经历过“非典”的她再次上了战场，她说：“不能人人都怕死。”

后来，我有近两个月没见过妈妈，直到某个清晨，我被电话铃声惊醒。

“快下楼！我来给你和奶奶送吃的。”

是妈妈的声音！

“这么早?! 现在还不到七点呢！你今天休息吗？你好不容易休息一天，怎么不在家睡个懒觉？”

“妈妈今天轮休一天。没关系，这段时间我已经习惯五点醒了。”

“哎哟，你放心，我前些天不是告诉你了吗，我去超市帮奶奶买了食物，省一省可以吃一个月呢。”

我匆忙下楼，看到门口人群中一个包裹严实的娇小身影。我想到了朱自清的《背影》，一瞬间鼻酸。尽管她只露出眼睛，我也一眼认出那是我妈妈。我大步奔向她，妈妈却大声喝止我：

“你莫动！我把菜放在这儿，我走了你再过来。”

我还是哭了。封城数月来唯一的一面，却是咫尺天涯。妈妈何尝不知道我的生存能力。因为医护人员加班是常态，平时都由我提前买菜做饭等爸妈下班，以免把晚饭吃成夜宵。线上线下哪家超市的菜新鲜实惠，我比妈妈更清楚。她一大早负重走这么远的路，只是想见我一面罢了。明天，她又要冲上没有硝烟的一线。但今天，她只是一个思念孩子的平凡母亲。他们不是百毒不侵的超人，只是负重前行的凡人。

四

后来，国内英语考试全面取消，英国签证中心关闭，疫情在全球蔓延。我不知道我是否还能逐梦伦敦，伦敦政经学院是否会同意学生们大规模顺延到下一年入学，选择间隔一年又会面临怎样的风险？全球或将面临比 2008 年金融危机更加严峻的衰退，我毕业后又是否能找到满意的工作？如果继续申请博士，奖学金是否会因为疫情影响而减少？也许是思虑过度，也许是受了风寒，我也开始有些不适。担心奶奶被我拖累，我把自己关在房间里，和奶奶分开吃饭。我把自己关在房间里写毕业论文、学英语。作为尚在坚守的武汉人，我时常感到恍惚——室内与世隔绝，室外却是另一番天地。

发生了这么多的事情，深夜里隐隐闻到煤气味时我甚至有些麻木，还以为只是 PTSD（创伤后应激障碍）。打开手机，凌晨三点。煤气的味道越来越清晰，我立刻跳下床检查阀门，拉了家中所有的电器插头，开门开窗，用肥皂水确定了泄露的位置。

听到维修师傅敲门声的那一刻，我突然被“治愈”了。窗外的城市依旧灯火辉煌，清洁工阿姨在清扫大街，交警和小区保安仍在坚守岗位。除了前方的医护人员为它疗伤，有太多平凡的人们一起默默维护这个城市的尊严，他们是我们最需要感恩的对象。在这样巨大的灾难面前，单凭个人力量是无法自渡的。但人们携起手来却可以造一座诺亚方舟。我开始思考我可以做些什么来抵抗这一切。

伦敦维多利亚与艾尔伯特博物馆 / 潘洵　摄

五

我无法驾驶时代的车轮，但我至少可以做一些微小的事。

其一，我们不缺情绪宣泄者，我们需要建设者。所以，做一些实事，让这个世界变得好一点。

因为妈妈工作繁忙，我用妈妈的账号加入了一些物资捐赠群，帮医院联系物资，也为自己对抗焦虑的情绪。一开始，我对国内口罩的防护级别完全一头雾水，短时间恶补相关知识后对各国医疗物资的标准也能如数家珍。起初我只联系到十来瓶酒精和大多不合规的医疗物资。后来，除了数千只口罩和防护服，还有爱心企业为医护捐赠蛋糕、女性用品和护手霜，甚至有做早点的师傅自愿来医护隔离的酒店免费给他们现做热干面。有这么多人凝聚在一起，我知道武汉不是孤岛，感到前所未有的满足和幸福。这是我封城期间最大的安慰。

其二，筛选信息，做好情绪管理。疫情期间，微博大 V 和自媒体各种信息纷至沓来，却鲜有真正的批判者与建设者。有师长说：试问情绪的积累有转化为经

大英博物馆 / 潘洵　摄

验吗？在一场悲剧中，谁成了器呢？我们不缺一次次情绪的放大。可以愤怒，但不止于愤怒。否则是秃子骂和尚，后人复哀后人也。所以，我选择筛掉那些纯粹情绪宣泄的文章，把批判性和建设性的文章分类保留下来。它们理应被历史记住。

其三，承认自己的渺小。也许无常才是常态，扩散的疫情、熔断的美股、失业的人们……我们搭上 2020 年这趟魔幻开局的列车，不知它会驶向何方。清冷的街市上，鸟儿依旧鸣唱，法国梧桐如期舒展出了新叶，汉口的老建筑还像百年前那样默然屹立。也许人类应收起万物之灵的傲慢，学会谦卑。我无法逆转疫情，没办法留住那么多逝去的生命，承认自己的渺小和脆弱也是一种解脱。但自怨自艾纯属懦夫行为。我要在病毒前面变得强大，照顾好身边人，实现自己的梦。

其四，阅读是随身携带的小型避难所。在灾难面前，人更应该保持独立阅读和理性思考的能力。当觉得某件事荒谬时，我就去书里，去历史中找注解。哪怕在室外病毒肆虐，室内煤气泄漏的“内忧外患”之时，我还有无数书中知己隔着时空鼓励我。

六

最近和一位学霸朋友聊天。她也是武汉伢，已被哥伦比亚大学硕博连读项目录取并获得奖学金。2019 年 10 月她回汉时赞叹，武汉的城市建设越来越好了。彼时我们都处于等待 offer 的阶段，觉得一切美好的事都在后头。没想到新冠病毒在几个月后改变了全世界人们的生活。

听闻武汉解封在即。解放公园里草木葱茏，长江大桥上车辆川流不息，江汉路行人熙熙攘攘。岁月依旧静好，一切如昨。但我不会忘记，在我短暂地被困于家中的日子里，有些人永远地被困在了这个庚子年冬春。

“这才知道我的全部努力，不过是完成了普通的生活。”

“平安留学”小贴士

应对疾病大流行，预防知识须掌握。

种族歧视很狭隘，沟通化解加报警。

中国海外留学生征文大赛精彩花絮

为落实党和国家对海外留学人员的关心关爱，丰富留学人员居家学习生活，深入践行“平安留学、健康留学、文明留学、成功留学”理念，2020 年，教育部留学服务中心与中国银行共同举办“平安留学伴你行 —— 留学迹路”系列活动。

“平安留学伴你行 —— 留学迹路”系列活动

其中，“留学那些事儿”2020 年中国海外留学生征文大赛得到广大留学生的积极响应，宣传触达近 3000 万人，累计征稿 4390 篇，参赛选手留学地遍布全球 65 个国家和地区。

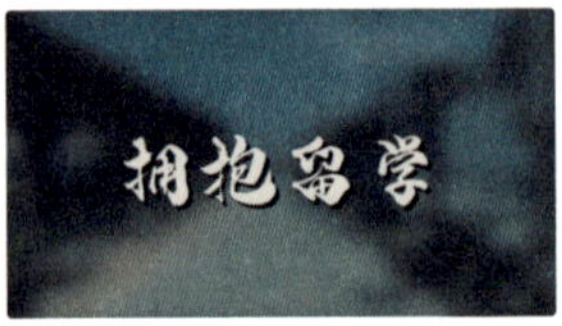

本次征文大赛中，涌现了许多文采斐然的作品，充分展现了当代留学生心系祖国、共克时艰、对话世界的精神风貌。我们不仅看到了海外学子“写”的能力，更看到了海外学子对“家国”的情意、对“求学”的毅力、对“梦想”的追求、对“异乡”的回忆。让我们一起来回顾一下大赛的精彩花絮吧！

“留学那些事儿”

中国海外留学生征文大赛

2020 年 7 月 25 日

“平安留学伴你行——留学迹路”

系列活动云端启动仪式

“留学那些事儿”

征文大赛投稿正式开始！

2020 年 8 月初

“留学那些事儿”

征文大赛系列宣传微信图文、

官方快闪视频陆续出炉

2020 年 8 月 25 日

“留学那些事儿”

征文大赛收到超 4000 份参赛作品

2020 年 9 月

“留学那些事儿”

征文大赛评选工作有序开展

2020 年 10 月 1－15 日

“留学那些事儿”

征文大赛全球 50 强选手网络投票火热进行

2020 年 11 月 8 日

“平安留学伴你行——留学迹路”

系列活动颁奖仪式

“留学那些事儿”

征文大赛一等、二等、三等作品揭晓

启动仪式回顾

颁奖仪式回顾

中国银行，您的留学金融陪护者

百年栉风沐雨，百年春华秋实。一个多世纪以来，无数中国留学生为了家国梦想，远渡重洋、奋发求学，用智慧和汗水谱写了报效祖国、实现理想的人生篇章。

关心青年学子就是关注祖国的未来。百年中行自成立以来，始终致力于帮助留学生顺利完成学业、实现心中抱负，借助自身全球化优势和跨境金融服务，为莘莘学子追梦之路保驾护航。今天，中国银行精心打造跨境金融服务中心、“中银跨境 GO”APP、手机银行跨境专区、跨境小程序等多元化服务渠道，通过“金融 + 非金融”融合的场景服务方案，为留学生提供专业、贴心、快捷的一站式留学服务。无论您身处何地，我们始终是您的留学金融陪护者，想您所想、急您所需，助您轻松开启留学之旅。

一、全新升级六大留学金融产品

（一）留学生资金规划更智能

考虑到留学生的留学时间、资金准备、风险偏好以及当时的汇率走势不同，建议留学家庭通过中国银行跨境渠道进行留学资金测评，并定制资产配置方案与购汇计划，做好资金收益、安全与流动性的统筹。中国银行在售外币理财产品种类丰富、期限灵活、币种齐全，可满足您不同的外币投资需求。此外，您还可通过线上渠道一键开启“中银慧投”资产配置服务，享受个性化、数字化、智能化的投资组合配置建议。

（二）代理见证开户免烦忧

借助分布广泛的海内外分支机构网络，由中国银行境内分行与海外机构密切合作，为您在离境前预先开立海外账户，助您更加安全、方便、省心地打理资金，并专享中国银行提供的全球化优质服务。目前中国银行提供 15 个国家和地区的代理见证开户业务。

（三）外币兑换服务更全面

由于境外移动支付普及度和成熟度不及境内，所以大部分留学生在购汇的同时会换取一定数额的外币现钞。在中国银行您可兑换高达 39 种货币，通过手机银行等线上渠道可享受 24 种外币的线上购汇以及最多 23 个币种的外币现钞预约及外币零钱包服务。

（四）跨境汇款流程更便捷

跨境汇款输入要素多、流程复杂、汇款进度查询难，还可能因海外中转行收费导致学费杂费不足额到账，成为很多留学生特别是新留学生的痛点。中国银行跨境汇款支持进度追踪、智能填写、到账提醒，多个币种支持全额到账。此外，还提供汇率播报及汇率提醒功能，方便您及时掌握汇市变动。

（五）存款证明办理更方便

在中国银行手机银行、中国银行微银行等电子渠道及营业网点柜台均可办理存款证明，且支持多种存款类型、多种币种开立。纸质存款证明可邮寄到家，电子码存款证明立等可取（电子码存款证明使用方法详见电子渠道客户须知），流程快捷方便。

（六）海外支付用卡更贴心

境外线上扫码支付的环境与国内相比普及度较低，刷卡支付与现金支付占比还相对较高，因此在出境之前，大部分留学生会办理具有海外支付功能的国际信用卡或借记卡。中国银行长城跨境通国际借记卡，支持 19 种外币直接支付无需转换，为您节省货币兑换费用；采用国际 EMV 标准芯片，安全级别高、专享多种优惠，种类丰富。中国银行卓隽留学信用卡，可享受专属出国留学金融服务与境外消费笔笔返现等活动，更可享白金卡客服专线、积分兑换等礼遇。

二、创新推出五大留学增值服务

围绕留学家庭最关心的选校难、选专业难、背景提升难、出国初期适应难、实习找工作难等问题，中国银行通过跨界融合，提供多种非金融配套解决方案。

（一）国际化学校库

聚焦信息渠道分散、信息质量不高等痛点，中国银行打造市场独家“境内国际化学校库”平台，优选国际化学校入驻并展示详细信息，为留学家庭搭建客观、公允、专业、全面的境内国际化学校信息平台。

（二）留学全方位测评

中国银行联合知名大学的研究人员，研究开发了一套对留学适宜性、专业选择与性格匹配的素质模型，通过对留学生性格、英语能力、专业等方面的全方位测试，帮助留学家庭做出科学合理的决策。

（三）背景提升计划

中国银行计划与知名教育机构联合开发背景提升活动，着力于培养学员的财经素养、独立思考及团队协作能力。

（四）留学生管家

中国银行充分利用全球布局优势，分批逐步完成主要留学城市的留学生管家服务，致力于解决留学生初到海外前三个月所需要办理的租房、交通、金融、就医等行政手续，帮助留学家庭解决万事开头“难”的难题。

（五）境内外实习计划

中国银行充分发挥全球布局优势，根据实际情况通过配备导师、集中授课、跟岗学习、课题研究等方式，每年不定期面向留学生推出境内外实习生计划，帮助学生加强实践锻炼，了解金融行业经营管理实际运作，提升能力素质和就业竞争力。

中国银行致力于成为一个有责任、有情怀的留学金融陪护者，陪伴您留学成长的每一步，期待与您在留学路上真诚相伴、携手共进！

了解更多留学资讯与服务，请下载“中银跨境 GO”APP

（进入金融频道，可查询中行境外分支机构及境内跨境金融服务中心信息）

中银跨境 GO　　安卓系统下载　　IOS 系统下载